DIE VERBOTENEN BEGIERDEN DES MILLIARDÄRS

Ein Second Chance - Liebesroman (Unwiderstehliche Brüder Serie Prequel)

JESSICA F.

INHALT

Veröffentlicht in Deutschland:

Von: Jessica F.

© Copyright 2021

ISBN: 978-1-63970-058-5

 Erstellt mit Vellum

KLAPPENTEXT

*Zwei Generationen finden Liebe und erleiden Verlust,
als ein Familienfluch droht, sie alle auszulöschen …*

**Wo ich herkomme, ist es ein Privileg, mit dem
Nachnamen Gentry geboren zu werden …**
Ich verstehe das. Ich beschmutze den Namen, den mein Vater
mir gegeben hat, nicht.
Aber ich habe meine Geheimnisse. Dunkle, tief verborgene
Geheimnisse, die nur eine andere Person auf dieser Welt
kennt.
Ich beuge sie meinem Willen fast so weit, dass sie bricht, weil
sie mir etwas gestohlen hat – mein Herz.
Aber sie wird niemals meinen Namen tragen.
Nur eine Frau mit Anstand kann ihn haben – allerdings ist
Anstand nichts für mich.
Also wird sie – im Geheimen – bei mir bleiben und meine
Bedürfnisse nach den dunkleren Seiten des Lebens befriedigen.
**Selbst wenn es bedeutet, dass der Fluch, unter dem
ich geboren wurde, auch meinen Sohn trifft.**

KAPITEL EINS

Coy

MAI 1988 – CARTHAGE, TEXAS

Meine Highschool-Abschlussparty, die mich wieder mit den Leuten bekannt machen sollte, mit denen ich in den Kindergarten gegangen war, machte mich fast so nervös, wie ich an dem Tag gewesen war, als meine Eltern mich im Alter von nur sechs Jahren in dem Internat in Dallas abgesetzt hatten. „Das ist surreal."

Meine Mutter tätschelte lächelnd meinen Rücken. „Ich weiß, dass es sich für dich so anfühlen muss. Ich möchte, dass du Spaß hast. Also lass nicht zu, dass die Nervosität dich überwältigt, mein Sohn."

Ich nickte und nippte an einem Becher Punsch, als die ersten Leute auftauchten. Zuerst blieb ich sitzen, aber dann stand ich auf und ging zur Tür, um alle willkommen zu heißen und mich denen vorzustellen, die ich früher gekannt hatte. „Coy Gentry." Ich schüttelte einem jungen Mann die Hand, als er hereinkam.

„Ja, ich weiß." Sommersprossen sprenkelten sein Gesicht,

als er mich anlächelte. „Tanner Richardson – ich saß in unserer Kindergartengruppe hinter dir."

„Wow, daran erinnerst du dich noch?" Ich konnte es nicht glauben. „Es ist schön, dich wiederzusehen, Tanner."

„Ja, ich freue mich auch, Coy."

Ich zeigte auf die Erfrischungen. „Hole dir etwas zu essen und zu trinken. Wir können später weiterreden."

Sobald er wegging, kam ein anderer junger Mann herein, den ich aus der Schule kannte, und dann folgten immer mehr meiner alten Klassenkameraden. In kürzester Zeit fühlte ich mich so wohl wie damals im Internat bei den Kindern, mit denen ich aufgewachsen war.

Ich unterhielt mich gerade mit einer Gruppe von Leuten am äußeren Rand der Tanzfläche, während die Band einen langsamen Countrysong spielte, als ich etwas aus dem Augenwinkel wahrnahm. Als ich mich umdrehte, um nachzusehen, was meine Aufmerksamkeit erregt hatte, stockte mir der Atem.

Sie hatte langes, dunkles Haar, das im funkelnden Licht glänzte. Ihre dunklen Augen erinnerten mich an die eines Rehs und ihr Teint war makellos und erinnerte mich an Karamell. Meine Augen schweiften über ihren Körper und fanden Kurven, die manche vielleicht gefährlich gefunden hätten – ich fand sie betörend.

Als mein Blick wieder nach oben wanderte, begegnete er ihren Augen und ihre vollen Lippen verzogen sich zu einem Lächeln. Sie schien mich magnetisch anzuziehen, also ging ich auf sie zu. „Willst du tanzen?"

„Sicher." Sie streckte mir ihre Hand entgegen und ich ergriff sie.

Einen Moment lang hatte ich keine Ahnung, was los war. Mir war schwindelig und mein Herz raste, als elektrische Funken durch mich schossen und meine Männlichkeit sich regte. „Danke."

Ich nahm sie in meine Arme, aber ich achtete darauf, einen

respektvollen Abstand zwischen unseren Körpern zu lassen. Dann begann ich, mich langsam hin und her zu bewegen. „Wie heißt du?"

„Oh. Ich habe ganz vergessen, mich vorzustellen. Ich bin Coy Gentry. Und du?"

„Lila Stevens." Ihre Wangen färbten sich rosa, als sie ihre Augen von meinem Blick abwandte. „Also tanze ich mit dem Kerl, der diese Party veranstaltet."

„Das tust du." Ich zog sie etwas näher an mich und atmete ihren Duft ein. Die Kombination aus Babypuder und einem Hauch von Zitronen machte mich aus irgendeinem Grund benommen. „Hast du auch in diesem Jahr deinen Abschluss gemacht?"

„Ja. Ich war allerdings nicht in deiner Kindergartengruppe. Aber laut der Anzeige in der Zeitung ist diese Party für die gesamte Abschlussklasse der Carthage High." Ihre Hand bewegte sich über meine Schulter, als sie sich in meinen Armen entspannte. „Ich habe gehört, dass du auf eine reine Jungenschule gegangen bist. Wo hast du tanzen gelernt?"

„Wir hatten Kontakte zu Mädchenschulen." Ich mochte die Art, wie sie sich bewegte. „Du tanzt gut. Wo hast du das gelernt?"

„Bei örtlichen Tanzveranstaltungen. Also, ich schätze, du wirst am Ende des Sommers aufs College gehen."

„Ja. Nach Lubbock an die Texas Tech. Dort waren auch meine Eltern."

„Deine Mutter war in der dritten Klasse meine Lehrerin. Sie sprach über dich und es gab auch Bilder von dir auf ihrem Schreibtisch. Du warst ein süßes Kind." Sie senkte den Kopf, als würde sie sich schüchtern fühlen. „Du bist zu einem gutaussehenden jungen Mann herangewachsen, Coy Gentry."

Mir wurde warm. „Und du bist eine schöne junge Frau, Lila Stevens."

„Ich wette, das sagst du allen Mädchen." Sie lachte leise und ich liebte, wie es klang.

„Das tue ich nicht." Ich hatte mich noch nie mit jemandem verabredet. Meine Ausbildung war zu wichtig, um sie von Romantik stören zu lassen. Zumindest hatten mein Vater und mein Großvater mir das gepredigt, seit ich die Pubertät erreicht hatte. „Ich habe noch nicht mit vielen Mädchen gesprochen."

Ihre dunklen Augen weiteten sich. „Also soll ich glauben, dass ich das erste Mädchen bin, das du schön genannt hast?"

Es war die Wahrheit. „Das bist du wirklich."

Die Band spielte einen neuen Song, der schneller war, also mussten wir uns auf der Tanzfläche mehr bewegen und den Texas-Two-Step machen. Bei der lauten Musik und der schnellen Schrittfolge redeten wir nicht mehr, sondern tanzten lachend.

Das ist nett.

Ich konnte sie nicht loslassen und bevor ich mich versah, hatten wir getanzt, bis wir außer Atem waren. Ich ließ ihre Hand nicht los, als ich sie von der Tanzfläche führte. „Komm, lass uns etwas trinken."

„Ich bin dabei, Coy. Wow! Du bist verdammt wild auf der Tanzfläche."

„Du auch." Ich nahm einen Becher, der bereits mit Fruchtpunsch gefüllt war, und reichte ihn ihr. „Hier, für dich."

Nachdem wir ein paar Schlucke des kalten Getränks genossen hatten, fragte sie: „Wann musst du nach Lubbock aufbrechen?"

„Am Ende des Sommers. Wirst du dann auch aufs College gehen?"

„Nein. Ich würde es tun, wenn ich könnte. Meine Familie hat nicht genug Geld, um uns aufs College zu schicken. Es ist einfach so. Ich werde wahrscheinlich einen Job im Supermarkt finden. Man kann sich dort hocharbeiten. Erst verpackt man Einkäufe, dann wird man Kassiererin, dann Chefkassiererin und vielleicht sogar ein paar Jahre später stellvertretende Filialleiterin."

Sie sah klüger aus. „Nun, ich wette, du wirst in kürzester Zeit zur Filialleiterin aufsteigen, Lila."

Sie lachte laut. Anscheinend hielt sie das für eine verrückte Vorstellung. „Du traust mir mehr zu als meine Familie."

Das wollte ich nicht hören. „Ich will nicht neugierig sein, aber wie waren deine Noten in der Schule?"

„Einsen und Zweien. Ich bin nicht dumm. Es ist kompliziert, aber meine Familie hält uns alle auf dem Boden der Tatsachen und wir neigen dazu, den gleichen Weg zu gehen, den die vorige Generation gegangen ist. Weißt du, was ich meine?" Sie nippte an dem Punsch und leckte sich dann die rote Flüssigkeit von den Lippen.

Ein Zittern durchlief mich, als ich sah, wie ihre Zunge über ihre Lippen streifte. „Oh ja." Ich konnte kaum denken, als das Blut mein Gehirn verließ und in tiefere Körperregionen strömte. „Hast du morgen schon etwas vor?"

„Das kommt darauf an." Sie stemmte eine Hand in ihre Hüfte und legte den Kopf schief.

„Worauf?"

„Was genau schwebt dir vor?"

„Ich dachte, ich könnte dich nach Dallas bringen, um dir zu zeigen, wo ich zur Schule gegangen bin, und dann könnte ich dich in dieses schicke Restaurant einladen, das wie eine riesige Kugel geformt ist und weit oben am Himmel steht. Es dreht sich langsam im Kreis, sodass man die gesamte Skyline der Innenstadt sehen kann. Ein paar Freunde von mir waren einmal dort und ich dachte, es wäre der perfekte Ort für ein Date."

„Wie viele Dates hast du dort schon gehabt?"

Ich wollte nicht, dass sie wusste, wie unerfahren ich war. Aber andererseits wollte ich auch nicht lügen. „Lila, ich habe das Gefühl, ich kann ehrlich zu dir sein und du wirst dich nicht über mich lustig machen."

Ihre Augen wurden ernst, als sie das Getränk abstellte und

meine Hand nahm. „Ich verspreche dir, dass ich mich nicht über dich lustig machen werde."

Erleichterung breitete sich in mir aus. „Nun, Lila, du bist das erste Mädchen, das ich um ein Date gebeten habe."

Sie blinzelte ein paarmal und fragte: „Wirklich?"

„Ja, wirklich." Ich hatte Schmetterlinge im Bauch, während ich damit rechnete, dass sie sich von mir zurückziehen würde.

„Wow." Sie lächelte und drückte meine Hand. „Was für eine Ehre. Ich würde gerne morgen mit dir ausgehen, Coy."

„Also ist das ein Ja?", musste ich fragen, nur um sicherzugehen.

„Das ist ein Ja."

Ich habe das Gefühl, dass dieses Date großartig werden wird!

KAPITEL ZWEI

Collin

September 1966 – Lubbock, Texas

„Hände hoch!" Ich hob meine Hände und zeigte mit einem Finger zum Himmel, genau wie der Rest der Leute in dem überfüllten Stadion, als die Red Riders das Footballfeld betraten. Mein letztes Studienjahr an der Texas Tech University würde unvergesslich sein, dessen war ich mir verdammt sicher.

Ein Jahr vor meinem Bachelor-Abschluss in Agrarwissenschaft war ich auf dem besten Weg, meinen Vater stolz zu machen. Das war die Mission – Daddy stolz machen.

Mein Vater war sehr anspruchsvoll – er verlangte bestimmte Dinge von mir und wenn ich versagte, bekam ich einen Tritt in den Hintern. Er hatte mir beigebracht, bei allem, was ich tat, hart und unerbittlich zu sein. Und bis jetzt hatte es sich ausgezahlt.

Ich hatte gute Noten und mein Name war auf der Bestenliste des Dekans. Das hatte mir einen schönen, neuen Truck von meinem Vater eingebracht. Wenn ich am Ende des letzten Semesters nach Hause ging und ihm mein Diplom überreichte, würde ich noch mehr bekommen.

Die Leitung der Ranch, die mein Großvater aufgebaut hatte, war mein oberstes Ziel. Mein Vater würde mir endlich zeigen, wie alles funktionierte. Mir war beigebracht worden, wie man sich um das Vieh kümmerte, aber nicht, wie der geschäftliche Teil der Ranch funktionierte. Ich war gespannt darauf.

In den Sommerferien hatten meine Eltern viel über meine Zukunft gesprochen – darüber, dass es Zeit für mich war, eine gute Frau aus einer guten Familie zu finden, mit der ich eine eigene Familie gründen sollte.

Zu Hause war ein Mädchen, das mir das Herz gestohlen hatte. Aber in den Augen meines Vaters war sie keine geeignete Braut. Sie kam von der falschen Seite der Stadt. Ihre Familie war arm und ihr Vater war ein Säufer. Nicht die Art von Menschen, die mein Vater mit dem Familiennamen Gentry in Verbindung bringen wollte.

Es war nicht leicht, die richtige Frau zum Heiraten zu finden, wenn ich dieses Mädchen nicht aus dem Kopf bekam. Aber ich wusste, dass ich es tun musste, sonst würde mein Vater von mir enttäuscht sein. Und wenn Daddy enttäuscht war, hatte ich ein Problem.

„Entschuldigung", sagte eine Frauenstimme neben mir. Ich wandte den Blick von dem Footballspiel ab. Mit einem Lächeln auf ihrem hübschen Gesicht, ging sie zu dem Sitzplatz auf der anderen Seite von mir. Sie hatte einen zarten elfenbeinfarbenen Teint, strahlend blaue Augen und ihr blondes Haar war zu einem hohen Pferdeschwanz zusammengebunden. „Keine Sorge, ich werde dich nicht stören und ständig Fragen zum Spiel stellen. Auch wenn ich es überhaupt nicht verstehe." Sie strich ihren Jeansrock über ihrem Hintern glatt, bevor sie sich setzte.

Eine weiße Bluse, gestärkt und gebügelt, steckte im Taillenbund des Rocks, der über ihre Knie reichte, selbst als sie sich setzte. Sie sah aus wie eine College-Studentin. Ein nettes Mädchen aus einer netten Familie.

Ich sagte jedoch nichts, nickte ihr nur zu und blickte dann zurück zum Spielfeld. Eine Brise wehte an ihr vorbei, sodass ihr frischer Duft zu mir strömte. Sie roch auch gut. Ein nettes Mädchen aus einer netten Familie, das auch noch gut roch.

„Ich habe dich hier noch nie gesehen." Ich sah sie nur einen Moment an und starrte dann schnell zurück auf das Feld.

„Ich bin gerade erst hierhergezogen. Davor war ich an der University of Texas in Austin. Aber die Firma meines Vaters hat ihn in die Niederlassung in Lubbock versetzt. Meine Eltern haben mir nicht erlaubt, auf dem Campus zu wohnen, also musste ich mit ihnen hierherkommen. Daddy hat mir gesagt, dass ich zu einem Footballspiel gehen soll, damit ich Leute kennenlerne."

Ich hatte nicht nach ihrer Lebensgeschichte gefragt. Aber das wollte ich ihr nicht sagen. „Ich bin Collin Gentry aus Carthage."

„Oh, wie dumm von mir." Sie streckte ihre Hand aus, als wollte sie meine schütteln.

Ich schaute auf ihre Hand, nahm sie und schüttelte sie. „Was?"

„Ich habe dir *meinen* Namen noch nicht gesagt", erklärte sie und lachte leise. „Ich bin Fiona Walton, derzeit aus Lubbock, früher aus Austin. Ist Carthage nicht in der Gegend von Dallas?"

„Dallas ist ungefähr zweieinhalb Stunden davon entfernt, aber es ist die nächste große Stadt. Wir haben eine Ranch. Deshalb studiere ich hier. Ich mache einen Bachelor in Agrarwissenschaft."

„Nun, das ist absolut sinnvoll, wenn du Rancher wirst. Ich mache einen Bachelor in Erziehungswissenschaft, damit ich Lehrerin werden kann."

Sie sah aus wie jemand, der Lehrerin werden würde. Und

Kinder zu unterrichten war ein angesehener Beruf. „Ich denke, du würdest eine gute Lehrerin sein."

„Danke. Das denke ich auch. Ich liebe Kinder." Sie strich mit der Hand über ihren Pferdeschwanz und die goldenen Strähnen funkelten im Sonnenlicht.

„Ich hatte noch nie mit Kindern zu tun, sodass ich nicht weiß, ob ich sie mag oder nicht."

Sie lachte und ich musste unwillkürlich lächeln. „Du bist lustig."

Ich versuchte nicht, lustig zu sein. Aber ich mochte ihr Lachen. „Bin ich das?"

Ein Teenager, der Limonade, Popcorn und Hotdogs verkaufte, betrat die Tribüne. Ich hielt zwei Finger hoch und er kam zu mir. „Was möchten Sie, Sir?"

„Zwei Hotdogs, eine Tüte Popcorn und zwei Dosen Limonade." Ich nahm die erste Dose, die er mir gab, und reichte sie Fiona.

„Oh, für mich?" Sie nahm die Limonade und lächelte. „Nun, danke, Collin Gentry."

Ich gab ihr auch einen der Hotdogs und legte dann die Tüte Popcorn in ihren Schoß. „Keine Ursache, Fiona."

Als ich in den warmen Hotdog biss, wurde mir klar, dass ich mochte, wie ich mich bei ihr fühlte. Es war ein angenehmes Gefühl. Wir saßen da, sahen uns das Spiel an und aßen lange, ohne ein Wort zu sagen. Und das war okay.

Unser Team lag ziemlich weit zurück, als der Quarterback den Football fing und losrannte, um einen Touchdown zu machen. Alle standen auf und feuerten ihn an – sogar Fiona. „Los! Los! Los!"

Für ein Mädchen, das das Spiel kaum kannte, hatte sie es schnell verstanden. Als unser Team den Touchdown erzielte, brach die Menge in Jubel aus. Es gab keine Möglichkeit, das Spiel noch zu gewinnen, aber zumindest würde jetzt eine bessere Punktzahl auf der Anzeigetafel stehen als die große, fette Null.

Als wir uns wieder hinsetzten, öffnete ich meinen Mund und es kamen Worte heraus, über die ich gar nicht nachgedacht hatte. „Willst du einen Schokoladen-Milchshake und Pommes frites, wenn das Spiel vorbei ist?"

„Sicher." Ihre Wangen färbten sich bezaubernd rosa. „Das klingt lecker."

„Ich kenne ein kleines Café. Dort gibt es auch gute Cheeseburger, falls du Hunger hast."

„Das werde ich bestimmt haben, wenn das Spiel vorbei ist." Die Stadionbeleuchtung ging an, als die Sonne fast untergegangen war, und brachte ihre blauen Augen zum Strahlen.

Mom würde sie mögen.

Da ich meine Zeit nicht mit einer unpassenden Frau verschwenden wollte, musste ich einige Dinge über Fiona wissen, bevor ich weitermachte. „Gehst du morgen in die Kirche?"

„Mit meiner Familie, ja." Sie zwinkerte mir zu. „In die First Baptist Church in der Innenstadt."

Sie hat den Religionstest bestanden.

„Das ist schön."

„Gehst du auch in die Kirche?", fragte sie.

„Ich?" Ich ging nicht in die Kirche, es sei denn, meine Eltern zwangen mich dazu.

„Ja, du."

„Nun, nein."

„Ich verstehe."

Weiter zur nächsten Frage. Es war nicht einfach, jemanden nach seiner politischen Einstellung zu befragen, und mir fiel die Formulierung schwer. Nachdem ich ein paar Minuten darüber nachgedacht hatte, sagte ich schließlich: „Wir haben einen Texaner im Weißen Haus."

Ihre Augen wanderten zu mir, als ihre Lippen sich zu einer Seite verzogen. „Meinst du Präsident Lyndon B. Johnson?"

„Ja." Ich wusste nicht genau, wie ich es sagen sollte, aber

ich wusste, dass ich es herausfinden musste. „Was denkst du über ihn?"

„Ich denke, dass er einen wunderbaren Job macht. Ich habe bei den Wahlen 1964 für ihn anstatt für Barry Goldwater gestimmt."

Wieder eine richtige Antwort.

Sie näherte sich einer perfekten Punktzahl. „Du hast gesagt, dass du wegen des Jobs deines Vaters hierhergezogen bist. Was macht er?"

„Mein Vater ist Investmentbanker."

Volltreffer!

„Das ist ein guter Job."

„Das ist sogar ein sehr guter Job." Sie lächelte mich an und ihre Augen funkelten. „Du bist Rancher, was auch ein guter Job ist. Wen hast du bei der letzten Wahl unterstützt?"

„Den Kandidaten, der gewonnen hat." Ich wusste, dass sie mich durchschaut hatte. Ich grinste sie an. „Und ich bin auch Baptist. Weihnachten und Ostern sitze ich in der hintersten Bank, während Mom und Daddy wie üblich vorne Platz nehmen."

„Ja, meine Familie sitzt auch gerne vorne. Ich sitze bei ihr." Sie sah mich einen langen Moment an, während ich geradeaus starrte. „Es wäre schön, dich morgen in der Kirche zu sehen, Collin. Ich werde dir einen Platz direkt neben mir freihalten – nur für den Fall, dass du dich entscheidest, zu kommen."

Sie schien genauso Punkte auf einer Liste abzuhaken wie ich. Ich wusste, wenn ich am nächsten Tag nicht in die Kirche gehen würde, würde sie nie wieder Zeit mit mir verbringen wollen. Aber wenn ich in die Kirche ging, würde sie mir wahrscheinlich all ihre Aufmerksamkeit schenken.

„Wer weiß, vielleicht sitze ich morgen früh tatsächlich neben dir. Ich gehe davon aus, dass der Gottesdienst um zehn Uhr beginnt und gegen Mittag endet. Wir können danach zu Mittag essen."

„Meine Mutter stellt immer einen Braten in den Ofen,

bevor wir in die Kirche gehen. Du könntest zum Mittagessen zu uns nach Hause kommen."

Wir machten bereits Pläne. Und ausnahmsweise würde niemand wütend oder verärgert darüber sein, mit wem ich zusammen war. Diesmal konnte ich mein Mädchen in der Öffentlichkeit zeigen, ohne Angst zu haben, dass mein Vater es herausfinden und mir eine Abreibung verpassen würde. Ausnahmsweise müsste ich meine Beziehung nicht verbergen.

„Es ist schon eine Weile her, dass ich ein gutes hausgemachtes Essen hatte."

„Meine Mutter ist eine wundervolle Köchin. Ich bin auch nicht schlecht."

Kochen kann sie auch noch?

„Das kann ich mir vorstellen. Was machst du für das Mittagessen morgen?"

„Ich glaube, ich mache Erbsen und Maisbrot."

Ich habe den Jackpot geknackt!

Aber eines musste ich zuerst wissen. „Machst du dein Maisbrot mit Zucker?"

„Nie."

Wir haben einen Gewinner!

„Gut. Ich hasse es, wenn Leute das Maisbrot süß machen. Dann schmeckt es wie Kuchen und wer möchte schon Kuchen zum Mittagessen haben? Ich nicht."

„Ich hoffe, du magst süßen Tee. Mom macht ihn immer. Sie serviert ihn mit viel Eis."

Dieses Mädchen ist fast zu gut, um wahr zu sein.

„Was ist eine Mahlzeit ohne eiskalten süßen Tee?"

„Ich weiß." Sie lachte wieder.

Ich lächelte sie unwillkürlich an. Sie war perfekt. Jeder Mann wäre stolz darauf, sie seine Frau zu nennen.

Mein Vater wäre stolz, wenn ich dieses hübsche Mädchen nach Hause auf die Ranch bringen würde. Mom würde sie auch lieben. Und ich – nun, ich würde sie mögen. Sie war nett. Bezaubernd. Anständig.

Das waren normalerweise keine Dinge, nach denen ich bei einer Frau suchte. Normalerweise mochte ich etwas mehr Aufregung – etwas Dunkelheit statt perfekter Reinheit. Aber mein Vater würde das nicht zulassen. Also würde ich ihm geben, was er wollte. Und ich könnte mit einer Frau wie Fiona ziemlich glücklich sein.

Ziemlich glücklich war besser als nichts. Ziemlich glücklich war genug, um mir ein Leben aufzubauen.

Vielleicht war ich nicht dazu bestimmt, alles zu haben. Vielleicht war das niemand. Aber ich könnte ein schönes Leben mit diesem netten Mädchen führen. Wir würden auch ein paar hübsche Kinder haben. Kinder, die von unseren Familien akzeptiert werden würden.

Das Mädchen, das ich in Carthage zurückgelassen hatte, hatte so viel für mich aufgegeben und hier war ich, sah diese hübsche junge Frau und dachte daran, sie zu heiraten und eine Familie mit ihr zu gründen. Ich hatte nicht oft Schuldgefühle, aber jetzt stiegen sie in mir auf, als ich darüber nachdachte, wie verletzt sie sein würde, wenn ich mit einer Braut nach Carthage zurückkehrte.

Die Stimme meines Vaters hallte in meinem Kopf wider: „Zeit, erwachsen zu werden und das Richtige zu tun, Collin. Lass die Vergangenheit ruhen. Lass deine sündigen Verfehlungen jetzt hinter dir und gehe mit einer guten Frau in die Zukunft. Einer Frau, auf die die ganze Familie stolz sein kann und die des Namens Gentry würdig ist."

Ich kann auch anständig sein – denke ich.

KAPITEL DREI

Fiona

Collin Gentry war weder der höflichste noch der gesprächigste Mann. Er war sehr gutaussehend und das glich einige der Dinge, die ihm fehlten, wieder aus.

Vermutlich lag es daran, dass er auf einer Ranch mit Rindern und anderen Tieren aufgewachsen war, anstatt mit vielen Menschen. Es war klar, dass er seine Einsamkeit mochte. An den Abenden, an denen wir uns verabredeten, blieb er nie länger als bis zehn Uhr. Dann sagte er mir, dass er in sein Wohnheim zurückkehren musste, damit er sich vor dem Schlafengehen entspannen konnte.

Ich hatte schon zwei Freunde gehabt. Es war beiden schwergefallen, mich zu verlassen, wenn sie mit mir ausgingen. Collin hatte damit überhaupt keine Probleme.

Wir waren seit drei Monaten zusammen und er hatte nie mehr getan, als meine Wange zu küssen. Er hielt selten meine Hand und sagte mir nie, wie hübsch ich war oder wie glücklich ich ihn machte.

Irgendwie wusste ich, dass er mich mochte. Schließlich

nahm er sich immer wieder Zeit, mich zu sehen – das sagte mir, dass ich etwas Besonderes für ihn war. Collin wollte mit niemandem Zeit verbringen, außer mit mir. Das musste etwas bedeuten.

Er hatte natürlich meine Eltern getroffen, da er jeden Sonntag nach der Kirche zum Mittagessen zu uns kam. Das war ein weiterer Grund, warum ich wusste, dass er mich mochte. Er ging jeden Sonntag in die Kirche, seit wir uns kennengelernt hatten, und saß neben mir in der ersten Reihe, trotz allem, was er gesagt hatte, als wir das erste Mal bei dem Footballspiel miteinander geredet hatten. Kein Mann würde so etwas tun, wenn er eine Frau nicht wirklich mochte.

Ich hatte noch nie einen Mann wie Collin gekannt. Ruhig und nicht in Eile, einen ersten Kuss zu bekommen oder noch weiter zu gehen. Mein Vater hatte mir gesagt, dass Collin mich vermutlich als seine zukünftige Braut in Betracht zog. Und er hatte mich gefragt, was ich darüber dachte, falls Collin zu ihm kam und um die Hand seiner Tochter anhielt.

Obwohl ich nicht genau hatte erklären können, warum ich so empfand, war ich damit einverstanden gewesen. „Ich denke, ich würde gerne Collin Gentrys Frau sein. Er ist ein Mann, der sich nicht dafür interessiert, was die meisten Leute in seinem Alter machen. Er ist absolut solide. Außerdem ist er schön anzusehen."

Mein Vater hatte genickt und ich hatte gewusst, dass er Collin sagen würde, dass er mich heiraten durfte – falls er jemals darum bitten sollte.

Bald darauf fand am College das Elternwochenende statt. Collin hatte mir gesagt, dass seine Eltern nach Lubbock kommen würden, um dort das Wochenende zu verbringen. Aber er hatte mich noch nicht gefragt, ob ich sie treffen wollte – was ich natürlich wollte.

Am Samstagnachmittag hatte ich immer noch keinen Anruf von Collin bekommen. Ich versuchte, mich mit einem Aufsatz für den Biologieunterricht zu beschäftigen, aber mein

Kopf war nicht bei der Sache. Ich starrte immer wieder aus dem Fenster und hoffte, Collin zu sehen, wie er in seinem Truck in die Einfahrt fuhr.

Es klopfte an meiner Schlafzimmertür und ich zuckte zusammen. „Schatz, ein Anruf für dich im Arbeitszimmer deines Vaters."

Ich sprang auf, eilte zur Tür, riss sie auf und rannte direkt an meiner Mutter vorbei. „Danke, Mom."

Meine nackten Füße trampelten über den Holzboden, als ich zum Arbeitszimmer meines Vaters am anderen Ende des Hauses rannte. Es gab nur ein Telefon und mein Vater dachte, es sollte in seinem Arbeitszimmer sein, falls er zu Hause Anrufe von seiner Firma entgegennehmen musste. Er lächelte mich an, als ich hereinkam, und ich blieb stehen. Er zeigte auf das Telefon auf seinem Schreibtisch und sagte: „Ich gebe dir etwas Privatsphäre, Liebes."

„Danke, Daddy." Ich nahm den Hörer, als mein Vater die Tür schloss. „Hallo?"

„Hallo, Fiona. Hier spricht Collin Gentry."

Ich versuchte, nicht zu lachen, da ich seine tiefe Stimme bereits mühelos erkannt hatte. „Hallo, Collin. Wie geht es dir heute Nachmittag?"

„Mir geht es gut. Meine Eltern sind vor kurzem angekommen und wir möchten dich und deine Eltern einladen, mit uns in einem Restaurant in der Stadt zu Abend zu essen. Würde dir das gefallen?"

„Ich würde es lieben. Kannst du einen Moment warten, während ich meine Eltern frage, ob sie Zeit haben?"

„Sicher."

Ich legte den Hörer auf den Schreibtisch und rannte aus dem Arbeitszimmer meines Vaters. „Mom, Dad! Mom, Dad!"

Meine Mutter kam aus dem Wohnzimmer in den Flur. „Um Himmels willen, warum schreist du so, Liebes?"

Ich hörte auf zu rennen und versuchte, meine Stimme zu

kontrollieren. „Mom, habt ihr beide schon Pläne für das Abendessen?"

Sie verschränkte die Arme und legte den Kopf schief. „Warum fragst du?"

„Weil Collins Eltern für das Elternwochenende in der Stadt sind und sie uns alle eingeladen haben, mit ihnen essen zu gehen."

„Lass mich deinen Vater fragen." Sie ging zurück ins Wohnzimmer. „Liebling, deine Tochter würde sich freuen, wenn wir heute Abend mit Collins Eltern essen gehen könnten."

„Ich habe gehört, wie ihr euch auf dem Flur unterhalten habt." Er lächelte mich an. „Du siehst aus, als wärst du begeistert, wenn wir mitgehen."

Ich klatschte in die Hände und sprang auf und ab. „Ja, das wäre ich."

„Wir haben Zeit, Liebes. Sag ihnen, dass wir sie gerne begleiten. Frage sie nach den Details und ich werde uns pünktlich dorthin fahren."

Ich drehte mich um und eilte zurück zum Telefon. Ich war fast außer Atem nach all der Aufregung. „Sie haben Ja gesagt, Collin. Wir würden uns freuen, euch alle heute zum Abendessen zu treffen." Ich setzte mich auf Dads Stuhl und versuchte, so leise wie möglich zu Atem zu kommen.

„Gut. Wir sehen uns dann alle um sieben im Fiesta Grill. Bye." Und dann legte er auf. Typisch Collin. Keine süßen Worte darüber, dass er mich vermissen würde, bis er mich wiedersah, nichts als ein knappes ‚Bye'.

„Mexikanisches Essen", sagte ich leise, als ich anfing, an meinem Fingernagel zu knabbern.

Scharfes Essen war nichts für meinen Magen. Und von Pintobohnen bekam ich Blähungen. Aber ich war mir sicher, dass ich etwas auf der Speisekarte finden könnte, das meinen Bauch nicht in Aufruhr bringen würde.

Meine Eltern hatten, wie die meisten Eltern, eine feste

Regel: Alles auf dem Teller musste gegessen werden. Also musste ich aufpassen, was ich bestellte.

Stunden später, nachdem ich meine Haare toupiert und mit einem schwarzen Band zurückgebunden hatte, während mein Pony mir in die Stirn fiel, trug ich dezentes Make-up auf. Mein blaues Kleid betonte meine Augen und schwarze Ballerinas vervollständigten mein Ensemble. Mom hatte mir ihre Perlenkette geliehen, damit ich noch besser aussah.

Meine Eltern waren auch gut gekleidet. Wir wollten einen guten ersten Eindruck auf Collins Eltern machen. Ich war noch nie in meinem Leben so nervös gewesen. „Ich zittere." Ich streckte meine Hand aus und meine Mutter nahm sie in ihre Hand.

Sie hielt sie fest, als wir ins Restaurant gingen. „Es gibt absolut nichts, weswegen du nervös sein musst, Fiona."

Sie konnte sagen, was sie wollte – die Schmetterlinge in meinem Bauch wurden nicht weniger. „Da sind sie." Ich entdeckte Collin, der mit seinen Eltern an einem Tisch für sechs Personen saß.

Ich schluckte schwer und starrte auf den Hinterkopf seines Vaters. Dunkle Haare, dicht und wellig. Ich konnte leicht sehen, woher Collin seine Haare hatte. Und seine Mutter hatte eine scharf geschnittene Nase – Collin hatte die männliche Version davon geerbt.

Sobald Collin uns sah, stand er auf, kam zu uns und schüttelte meinem Vater die Hand. „Danke, dass Sie gekommen sind, Mr. Walton." Er nickte meiner Mutter zu. „Mrs. Walton, ich danke auch Ihnen."

Ich wartete darauf, dass er etwas darüber sagte, wie schön ich aussah. „Findest du dieses Kleid in Ordnung, Collin?"

Er lächelte und nickte. Dann nahm er meine Hand, die meine Mutter gerade losgelassen hatte. „Komm, lass mich euch alle meinen Eltern vorstellen."

Nachdem das erledigt war, zog Collin den Stuhl neben

seinem unter dem Tisch heraus und ich setzte mich darauf. „Danke, Collin."

Er war nicht immer so ein Gentleman. Oft vergaß er, die Tür seines Trucks für mich aufzuhalten, damit ich einsteigen konnte. Er öffnete selten Türen für mich. Aber er schien nicht daran zu denken, solche Dinge zu tun, also war ich nicht völlig beleidigt deswegen.

Er setzte sich neben mich und das Lächeln auf seinem Gesicht sagte mir, dass er unglaublich glücklich war. Collin lächelte nicht oft. Und er lächelte nie ohne Grund. „Fiona wird Lehrerin."

„Wirklich?", fragte seine Mutter mich.

„Ja, Ma'am", sagte ich und lächelte sie an. „Ich liebe Kinder und kann es kaum erwarten, meine Karriere zu beginnen."

Collin sah mich mit ein wenig Verwirrung in seinen dunklen Augen an. „Nun, ich bin sicher, dass du nicht immer unterrichten wirst. Ich würde es nicht als Karriere bezeichnen, Fiona. Eines Tages wirst du eine Familie haben, um die du dich kümmern musst, und du wirst nicht in der Lage sein, gleichzeitig zu arbeiten."

Obwohl mich das, was er sagte, ein bisschen störte, war ich irgendwie begeistert, dass er über die Gründung unserer eigenen Familie sprach. „Natürlich kommt meine Familie immer vor allem anderen. Wenn ich eine habe. *Falls* ich eine habe."

Meine Mutter lachte. „Natürlich wirst du eines Tages eine Familie haben, Fiona."

Meine Antwort gefiel Collin und sein Lächeln wurde noch strahlender. „Ganz bestimmt. Du wärst eine großartige Mutter."

Meine Wangen brannten vor Verlegenheit, als ich meinen Kopf senkte. „Danke."

Seine Finger berührten mein Kinn und hoben mein

Gesicht, damit ich ihn ansah. „Und du wärst auch eine großartige Ehefrau, Fiona."

Mein Herz hörte auf zu schlagen. *Wird er mich hier und jetzt bitten, ihn zu heiraten?*

Sein Vater ergriff das Wort und zog meine Aufmerksamkeit auf sich: „Irgendwann in der Zukunft. Sie muss zuerst das College beenden und ihren Abschluss machen."

„Natürlich", sagte Collin, als er seine Hand von meinem Gesicht nahm.

Meine Haut glühte dort, wo er mich berührt hatte. Es war die intimste Berührung, die er mir bisher geschenkt hatte. Sie fühlte sich sogar intimer an als seine keuschen Küsse auf meine Wange.

Ich war den Freunden, die ich in der Vergangenheit gehabt hatte, viel näher gekommen, besonders nachdem ich so lange mit ihnen zusammen gewesen war wie mit Collin. Ich hatte in den ersten Monaten stundenlang mit ihnen gesprochen. Aber Collin und ich redeten nicht viel miteinander.

Wenn wir uns verabredeten, verbrachten wir die Zeit mit Essen, saßen draußen auf der Schaukel der Veranda, lauschten dem Zwitschern der Vögel und sahen zu, wie die Sonne am Abendhimmel unterging. Dann wünschte er mir eine gute Nacht und ging.

Alles, was Collin wirklich brauchte, war jemand, der ihm Zärtlichkeit zeigte. Das konnte ich tun. Ich konnte den fürsorglichen, sinnlichen Mann in ihm zum Vorschein bringen. Wenn er mich ließ.

Als ich dort saß, mit seinen Eltern sprach und mich in Rekordzeit bei ihnen wohlfühlte, wusste ich, dass dies etwas Besonderes war. Dies war für die Ewigkeit bestimmt. So etwas passierte nicht oft.

Es fühlte sich fast so an, als wären wir bereits eine Familie. Collins Eltern waren froh, dass wir uns gefunden hatten, und meine auch. Alle waren sich einig, dass Collin und ich gut zusammenpassten. Und das machte mich unglaublich glücklich.

Die Tatsache, dass Collin fast ununterbrochen lächelte, sagte mir, wie viel es ihm bedeutete, dass unsere Eltern unserer Beziehung zustimmten.

Auch mir war es sehr wichtig.

KAPITEL VIER

Collin

Mai 1967 – Lubbock, Texas

Das Ende des letzten Semesters war gekommen und ich wusste, dass es Zeit war, das zu tun, was ich tun musste – auch wenn mein Herz nicht ganz bei der Sache war. Schuldgefühle quälten mich immer noch darüber, wie verletzt das Mädchen sein würde, das ich zurückgelassen hatte, wenn es davon erfuhr.

Fiona war alles, was eine Frau sein sollte – zumindest in den Augen meiner Eltern. Meine Mutter liebte sie und mein Vater erzählte mir immer wieder, wie viel Glück ich hatte, dass ich ihr an jenem schicksalhaften Abend bei dem Footballspiel begegnet war. Er sagte mir auch immer wieder, dass ich sie nicht entwischen lassen durfte.

Ich mochte Fiona. Ich mochte sie sehr. Aber Liebe?

Nun, Liebe war sowieso nicht so großartig, wie immer alle behaupteten. Mein Herz gehörte immer noch einer anderen. Aber mein Verstand wusste, dass das niemals sein konnte. Er drängte mich, mich zu beeilen und Fiona zu meiner Frau zu machen, bevor ein anderer Mann kam und sie mir wegnahm.

Ich sah, wie andere Männer sie anstarrten und sich bestimmt fragten, warum sie bei mir war. Ich verwöhnte sie nicht mit romantischen Abendessen. Ich machte ihr keine Geschenke. Und ich machte ihr keine Komplimente, wie es andere Männer bei ihren Mädchen taten. Das war einfach nicht mein Stil.

Fiona beschwerte sich nie darüber. Sie akzeptierte mich so, wie ich war. Keine Ahnung, warum. Aber sie tat es und das war alles, was zählte.

Am letzten Unterrichtstag hatte ich einen Verlobungsring in meiner Tasche, als ich zu ihrem Elternhaus fuhr. Ich wusste, dass Fiona noch nicht zu Hause war, aber ich ging ohnehin nicht dorthin, um sie zu sehen.

Mein Herz pochte, als ich aus meinem Truck stieg und zur Haustür ging. *Wenn ihr Vater Ja sagt, werde ich bald verheiratet sein. Dann ist das endlich erledigt.*

Ich schloss die Augen und erinnerte mich an die Frau, die ich zurückgelassen hatte. Ihre dunklen Augen waren traurig, als sie mir ihre Hände hinhielt. Ich öffnete meine Augen und wusste, dass ich ihre Hände nicht nehmen konnte, selbst wenn sie tatsächlich direkt vor mir wären.

Sie war nicht für mich bestimmt.

Fiona würde eine gute Ehefrau sein, dessen war ich mir sicher. Also klopfte ich an die Tür und wartete. Ich verlagerte mein Gewicht von einem Bein auf das andere, während ich versuchte, nicht so nervös zu wirken, wie ich war.

Mrs. Walton öffnete die Tür. „Hallo, Collin. Ich fürchte, Fiona ist noch nicht zu Hause. Aber komm rein. Du kannst hier auf sie warten."

„Mrs. Walton, ich bin nicht hier, um Fiona zu sehen. Ich würde gerne mit Mr. Walton sprechen, wenn das in Ordnung ist." Es fühlte sich an, als würde eine Rinderherde in meinem Magen herumstapfen.

Ihre Augen waren so blau wie die ihrer Tochter und

weiteten sich, als sie mich mit einem Lächeln auf den Lippen ansah. „Du möchtest Mr. Walton sprechen?"

„Ja, bitte." Mir war schwindelig. Ich war noch nie ohnmächtig geworden, aber ich war mir sicher, dass es sich kurz davor so anfühlte.

„Folge mir. Er ist in seinem Arbeitszimmer." Sie führte mich den Flur entlang und klopfte dann an die Tür zu seinem Arbeitszimmer. „Liebling, Collin ist hier und würde gerne mit dir sprechen."

„Nun, dann schicke ihn herein."

Meine Kehle zog sich zusammen und mir wurde schwarz vor Augen, als sie die Tür öffnete und mich sanft hineinschob. Ich hörte, wie sich die Tür hinter mir schloss, sodass Mr. Walton und ich allein waren. „Hallo, Sir."

„Hallo, Collin. Nimm Platz." Er deutete auf den Stuhl auf der anderen Seite des Schreibtisches, an dem er saß.

Ich schüttelte den Kopf. „Ich sollte stehen."

Lächelnd zwinkerte er mir zu. „Wie du meinst. Warum sagst du mir nicht, worüber du mit mir sprechen möchtest?"

Ich zog den Ring aus meiner Tasche und hielt ihn hoch. „Ich würde gerne wissen, ob Sie mir Ihre Erlaubnis geben, Fiona einen Heiratsantrag zu machen."

Er verschränkte die Hände und legte sie auf seinen Schreibtisch. „Du möchtest meine Tochter heiraten, Collin?"

„Ja, Sir." Mein Mund war staubtrocken.

„Und wenn sie zu deinem Antrag Ja sagt, würdet ihr beide dann auf der Ranch in Carthage leben?"

Ich nickte. „Ja, Sir."

„Würdet ihr euer eigenes Haus haben oder würdet ihr bei deinen Eltern wohnen?"

„Das Ranchhaus ist so groß, dass wir alle dort leben können, ohne uns gegenseitig in die Quere zu kommen."

„Was ist, wenn Fiona ihr eigenes Haus haben möchte? Frauen wollen das. Und wer wird das Kochen übernehmen?"

„Wir haben eine Köchin und Dienstmädchen, die für uns putzen. Fiona würde nichts davon tun müssen."

„Ich bin nicht sicher, ob ihr das gefallen würde." Er lachte. „Du weißt schon … ständig bedient zu werden."

„So ist es nicht. Die Dienstmädchen halten unser Haus sauber und waschen unsere Wäsche. Die Köchin bereitet unsere Mahlzeiten zu. Das ist alles. Wir verlangen bestimmt nicht, dass sie uns bedienen, Sir. Auf der Ranch gibt es viel für uns zu tun – deshalb haben wir Hauspersonal."

Er kniff seine grünen Augen zusammen. „Liebst du meine Tochter, Collin?"

Oh, verdammt!

Ich musste ihrem Vater versichern, dass ich Fiona liebte, oder er würde bestimmt Nein sagen. Also öffnete ich meinen Mund und die Lüge kam heraus. „Ja, Sir."

Das Lächeln, das er mir schenkte, sagte mir, dass er mit meiner Antwort zufrieden war. „Dann gebe ich dir gerne meine Erlaubnis, Fiona einen Heiratsantrag zu machen."

In diesem Moment flog die Tür auf und Fiona stand mit offenem Mund vor uns. „Collin?"

Ich versuchte, den Ring wieder in meine Tasche zu schieben, aber ihre Augen waren bereits darauf gerichtet. „Fiona!"

Sie lief direkt auf mich zu. „Ich habe gehört, was du gesagt hast, Collin." Sie streckte die Hand aus und wackelte mit den Fingern. „Kann ich sehen, was du in deiner Faust hast?"

Ich öffnete meine Faust. Der Ring lag auf meiner Handfläche. „Das ist für dich."

Sie nahm ihn aus meiner Hand. „Er ist sehr schön."

„Ich bin froh, dass er dir gefällt." Ich war mir nicht sicher, was ich sagen sollte.

Ihr Vater räusperte sich. „Ich werde verschwinden und euch beide allein lassen."

Als er weg war, fühlte ich mich wohler damit, zu sagen, was

ich geplant hatte. „Fiona, dein Vater hat mir seinen Segen gegeben. Willst du mich heiraten?"

Sie schob den Ring auf ihren Finger, aber er war ein wenig zu groß für sie. Als sie den Ring betrachtete, lächelte sie und sah mir dann in die Augen. „Ich würde dich gerne heiraten, Collin Gentry."

Erleichtert darüber, dass sie Ja gesagt hatte, stieß ich einen langen Seufzer aus. „Ah, gut. Wir können zum Juwelier gehen und den Ring für dich passend machen lassen."

„Gut. Und während wir dort sind, können wir unsere Eheringe aussuchen." Sie nahm mein Gesicht zwischen ihre Hände. „Danke."

Ihre Lippen bebten, als würde sie auf einen Kuss warten. Und ich wusste, dass es Zeit war, ihr einen richtigen Kuss zu geben. Also nahm ich ihre Hände und schob sie von meinem Gesicht weg, bevor ich mich vorbeugte und meine Lippen auf ihre drückte.

Ich spürte kein Kribbeln und keine Schmetterlinge im Bauch. Aber es war auch nicht abstoßend, was ich für ein gutes Zeichen hielt.

Einen Monat später heirateten wir auf der Whisper Ranch vor unseren Familien. Unsere Mütter weinten und unsere Väter strahlten vor Stolz. Fiona sah in ihrem weißen Hochzeitskleid wunderschön aus. Und zum ersten Mal ließ ich sie das wissen. „Weiß steht dir, Fiona."

Schließlich standen wir in meinem Zimmer, wo wir unsere Hochzeitsnacht verbringen würden. Sie drehte mir den Rücken zu. „Kannst du das Kleid für mich aufmachen?"

Meine Hand zitterte, als ich den Reißverschluss vorsichtig nach unten zog, um das Kleid nicht zu beschädigen. Es war so perfekt wie sie. „Bist du bereit?"

Sie nickte. „Ja. Du auch?"

Ich war ein Mann, also war ich immer bereit für Sex. „Ja."

Es war Jahre her, dass ich Sex gehabt hatte, also war ich

sogar mehr als bereit dafür. Aber irgendwie fühlte es sich nicht richtig an, obwohl wir jetzt offiziell verheiratet waren.

Nachdem ich ihr Kleid geöffnet hatte, machte ich das Licht aus, damit die Dunkelheit uns voreinander verbarg. Ich zog mich aus, legte mich ins Bett und spürte bald, wie sie zu mir unter die Decke kam.

Ich hatte gedacht, dass es mir diesmal schwerfallen würde, mich nicht auf meine Frau zu stürzen. So war es aber nicht. Stattdessen dachte ich an eine andere Frau – eine, von der ich dachte, ich hätte sie im Stich gelassen.

Fionas Hand strich langsam über meine Brust. „Es ist okay, Collin. Ich bin bereit dafür. Ich habe all die Jahre meine Jungfräulichkeit für den Mann aufgehoben, den ich heiraten würde – für dich. Was ich habe, gehört jetzt dir. Nimm es."

Mein Herz schmerzte, als ich mich umdrehte und meinen Körper auf ihren legte. Ich schloss die Augen, ging in Gedanken in die Vergangenheit zurück und war plötzlich wieder bei ihr – bei meiner Hilda.

Mit einem harten Stoß durchbrach ich die Barriere in ihrem Körper. „Ja", stöhnte ich.

Nägel bohrten sich in meinen Rücken, als sie wimmerte: „Oh Gott."

Als ich mich bewegte, wusste ich, dass der Schmerz nachlassen würde. „Gleich tut es nicht mehr weh."

„Hast du das schon einmal gemacht?", fragte Fiona überrascht und riss mich aus meiner Fantasie.

Ich war mir nicht sicher, was ich sagen sollte. Also log ich. „Nein. Mir wurde aber gesagt, dass der Schmerz verschwindet."

„Oh, ich verstehe. Mir gefällt, dass es für uns beide das erste Mal ist." Sie lag mit ausgestreckten Beinen auf dem Bett und bewegte sich überhaupt nicht.

Ich stimmte ihr nicht zu, weil es nicht die Wahrheit war. „Vielleicht solltest du deine Beine anwinkeln. Das könnte helfen." Ich wusste, dass es helfen würde, wollte aber nicht preisgeben, wie viel ich über Sex wusste.

„Das würde ich lieber nicht."

Ich tat mein Bestes, um etwas Reibung zwischen uns zu erzeugen, und bewegte mich schneller. Ich wollte nicht, dass es zu lange dauerte, da sie sich anscheinend unwohl fühlte. „Ich werde versuchen, mich zu beeilen."

„Tu das bitte."

So sollte es nicht sein. Sie sollte nicht so klingen, als wäre Sex mit mir nur eine lästige Pflicht für sie. „Ich denke, du solltest das genießen, Fiona."

„Zu diesem Zeitpunkt ist das unmöglich. Aber bitte hab deinen Spaß."

Perfekt bis zum Wahnsinn.

„Du bist zu angespannt, deshalb tut es immer noch weh. Du musst dich entspannen."

„Ich kann nicht."

Ihr Körper war wie ein Schraubstock und dadurch fühlte ich mich auch unwohl. „Du musst es aber tun." Ich versuchte, an ihr Bedürfnis zu appellieren, eine gute Ehefrau zu sein. „Kannst du es für mich versuchen?"

Mit einem leisen Seufzer flüsterte sie: „Collin, es brennt gerade wie Feuer zwischen meinen Beinen. Ich gebe mein Bestes, um nicht zu weinen. Kannst du bitte einfach weitermachen, damit es bald vorbei ist?"

Alles, was ich tun wollte, war, mich von ihr zu rollen und aus dem Bett zu verschwinden. Aber das tat ich nicht. Ich bewegte mich weiter, während sie steif wie ein Brett unter mir lag. Immer weiter, bis mein Körper Erlösung fand und ihr das Ende gewährte, das sie so sehr wollte. „Ah!", knurrte ich, als ich kam.

„Oh Gott!", schrie sie. Aber nicht vor Verlangen oder Ekstase. Reiner Ekel erfüllte ihre Stimme, als sie flüsterte: „Das fühlt sich so … so …" Sie schien nicht in der Lage zu sein, das richtige Wort zu finden, aber dann fand sie es. „… *widerlich* an."

Ich rollte mich von ihr herunter, stand auf und holte einen nassen Waschlappen. „Ich hole dir auch etwas, damit du dich saubermachen kannst."

„Danke", sagte sie mit tränenerstickter Stimme. Sie versuchte, leise zu weinen, aber ich konnte sie trotzdem hören. Enttäuschung, Frustration und sogar Wut erfüllten mich. Wenn sie nur versucht hätte, sich zu entspannen und es zu genießen, wäre alles anders gewesen.

Ich wusch mein Gesicht, das vor Emotionen heiß war. Dann machte ich einen weiteren Waschlappen nass, ging zu ihr zurück und gab ihn ihr. „Hier, wasche dich."

„Es tut mir leid, Collin. Ich hatte keine Ahnung, dass es so schmerzhaft wäre und mit so viel ekliger Flüssigkeit enden würde. Ich weiß, dass ich in Bezug auf die Liebe naiv bin, aber das war überhaupt nicht so, wie ich erwartet hatte."

Ich legte mich völlig frustriert ins Bett. „Diese eklige Flüssigkeit heißt Sperma und macht Babys. Du willst doch Babys, oder?"

„Ja." Sie stand auf und als sie zurückkam, trug sie ein Nachthemd. „Willst du dir nicht auch etwas zum Schlafen anziehen?"

„Nein." Ich drehte mich um und schloss die Augen, um diese schreckliche Erfahrung aus meinem Kopf zu verbannen.

„Ich wasche morgen die Bettwäsche. Ich möchte nicht, dass die Dienstmädchen dieses widerliche Zeug entfernen müssen."

Meine Zähne knirschten, als ich sie zusammenbiss. Sie mochte naiv in Bezug auf die Liebe sein, aber ich war es nicht. Und das war nicht so, wie es sein sollte.

KAPITEL FÜNF

Coy

Juli 1988 – Carthage, Texas – Whisper Ranch

Lila und ich lagen unter einer Decke aus Sternen auf einer Pritsche auf einer der hinteren Weiden der Ranch. Hierher kam niemand, da das Vieh auf eine andere Weide gebracht worden war, damit sich diese für einige Monate erholen konnte.

Wir hatten uns seit der Nacht, als wir uns auf meiner Abschlussparty begegnet waren, jeden Tag gesehen. Und wir hatten beide festgestellt, dass keine unserer Familien wollte, dass wir zusammen waren. Ihr Vater und mein Vater hatten es verboten.

Dad hatte die archaische Vorstellung, dass unsere Familie besser war als andere in dieser kleinen Stadt. „Wenn man den Nachnamen Gentry trägt, wird von einem erwartet, sein Leben auf eine bestimmte Weise führen", hatte er gesagt, „und man kommt nur mit Menschen innerhalb seiner gesellschaftlichen Schicht zusammen. Man verabredet sich auch nur mit den besten jungen Ladys."

Meine Mutter trat nie für mich ein, was ich seltsam fand.

Aber sie war zu diesem Zeitpunkt in keiner guten Verfassung und ich dachte, ihr geschwächter Zustand musste der Grund dafür sein, dass sie mich nicht unterstützte.

Lila und ich waren jedoch nicht so leicht zu bremsen – und wir würden uns von unseren Familien sicherlich nicht daran hindern lassen, zusammen zu sein. Wir beschlossen, uns heimlich zu sehen. Und wenn ich nach Lubbock ging, würde ich sie mitnehmen.

Ich würde sowieso nicht im Studentenwohnheim leben. Mein Vater hatte bereits ein Haus in Lubbock gekauft, in dem ich die nächsten vier Jahre leben konnte.

Sicher, es gab noch einige Dinge zu entscheiden. Zum Beispiel, was ich mit Lila machen würde, wenn meine Eltern zu Besuch kamen. Aber wir würden uns etwas einfallen lassen. Und mein Vater hatte mir bereits ein hohes Taschengeld versprochen, damit ich nicht arbeiten musste und mich auf mein Studium konzentrieren konnte.

Ich dachte, ich würde Lila in einem Hotel unterbringen, wenn meine Familie zu Besuch kam. Und sie war damit einverstanden, also war alles okay. Irgendwann würden wir unsere Beziehung öffentlich machen. Aber im Moment mussten wir sie noch verheimlichen.

Ich hielt Lila so oft wie möglich in meinen Armen. „Wieso bist du so verdammt leicht zu lieben, Baby?"

„Ich könnte dich das Gleiche fragen." Sie legte ihre Hände auf mein Gesicht und zog mich für einen Kuss zu sich.

Bevor ich wusste, wie mir geschah, war ich auf ihr und versuchte, sie von ihren Kleidern zu befreien, damit ich zu ihrer weichen, zarten Haut gelangen konnte. Nichts hatte sich jemals so richtig angefühlt wie mit Lila. Ich wusste, dass sie die Richtige für mich war. Ich wusste es – ohne Zweifel.

Was ich nicht verstand, war, warum unsere Familien gegen uns waren. Sicher, mein Vater hatte mir seine Gründe genannt – dass unsere Familie besser war als die von Lila, dass wir über ihnen standen. Aber das war Schwachsinn.

Ich war neugierig, warum Lilas Familie auch so vehement dagegen war, dass wir zusammen waren. Ich dachte, sie könnten verärgert darüber sein, dass meine Familie so arrogant war. Aber das war nicht Grund genug, mich zu hassen.

Und sie hassten mich.

Lila hatte mich am Tag nach der Party zu ihrer Familie gebracht. Sie hatte keine Ahnung gehabt, dass alle negativ reagieren würden. Und ich hatte ihr auch nichts darüber erzählt, was mein Vater in jener ersten Nacht zu mir gesagt hatte.

Alle hatten gelächelt, bis ich ihnen meinen Nachnamen gesagt hatte. Ihr Vater hatte sofort nach dem Namen meines Vaters gefragt und ich hatte ihm geantwortet, ohne daran zu denken, dass er ein Problem damit haben würde. Aber das hatte er.

Ich hatte keine Ahnung, was es war, weil er es mir oder Lila nicht verraten hatte. Er hatte mir nur gesagt, dass ich in seinem Haus nicht willkommen war und es mir verboten war, auch nur mit seiner Tochter zu sprechen.

Lila und ich wussten nur eines – unsere Familien versteckten beide etwas. Es schien ein tiefes, dunkles Geheimnis zu sein. Es gab keinen anderen Grund für sie, eine Beziehung zwischen uns zu verbieten.

Aber das war etwas, worüber wir uns später Sorgen machen konnten. Trotz der Probleme, mit denen wir durch unsere Familien konfrontiert waren, fühlte sich alles einfach – und richtig – an, wenn wir zusammen waren. Wir taten unser Bestes, uns unsere gemeinsame Zeit nicht von Sorgen verderben zu lassen.

Lila knöpfte mein Hemd auf und bewegte ihre Hände über meine Brust, bevor sie mich wegschob, nur um sich dann rittlings auf mich zu setzen. Ihre Brüste sahen im Mondlicht wunderschön aus – voll, rund und verlockend.

Sie lächelte mich an, als ihr langes, dunkles Haar um ihre

Schultern fiel. „Coy, was wirst du tun, wenn unsere Familien von uns erfahren?"

„Ich werde alles tun, um dich zu behalten." Ich würde nicht zulassen, dass sie uns in die Quere kamen. „Ich weiß, dass wir uns erst vor etwas mehr als einem Monat kennengelernt haben, aber ich weiß auch, dass ich dich liebe."

„Ich liebe dich auch." Sie seufzte und sah zum Himmel auf. „Kannst du uns nicht helfen, Gott?"

Ich umfasste ihre Handgelenke und zog sie zu mir herunter, bis sich unsere Lippen trafen. Ich wusste, dass Gott uns zusammengeführt hatte. Ich würde ihn nicht um mehr bitten, als er uns bereits gegeben hatte.

Ich rollte mich herum und drückte sie unter mir auf die Pritsche. „Lila, mein Vater kann mir alles wegnehmen und ich würde dich trotzdem nicht gehen lassen. Ich möchte nicht, dass du dir jemals Sorgen um meine Zuneigung zu dir machst."

„Mein Vater hat mir nie etwas gegeben, das er mir wieder wegnehmen könnte. Alles, was er tun kann, ist, mich zu verstoßen und mich zu Hause rauszuwerfen. Aber das ist nicht wirklich eine Bedrohung." Sie lachte. „Ich weiß, dass es für dich anders ist. Du wirst einmal die gesamte Whisper Ranch erben. Du würdest so viel mehr aufgeben."

„Ich liebe dich", wiederholte ich und unterstrich jedes Wort mit einem Kuss. „Du bist alles, was ich auf dieser Welt will. Kein Geld der Welt ist es wert, dich zu verlieren."

Sie sah so tief in meine Augen, dass sie die Wahrheit in ihnen bestimmt finden würde. „Du würdest also alles für mich aufgeben?"

„Ja, das würde ich." Ich hoffte, dass es nicht dazu kam, aber ich würde mich nicht mit Geld erpressen lassen. „Das Einzige, was mich wirklich belasten würde, wäre, meine Eltern zu verlieren. Vor allem Mom. Dad war schon immer verdammt hart zu mir. Aber ich dachte immer, dass er nur das Beste für mich will. Inzwischen bin ich nicht mehr davon überzeugt."

„Er hat dich auf ein Internat geschickt. Ich denke, das war hart."

„Ja. Ich war erst sechs."

„Ich kann mir nicht vorstellen, in diesem Alter von meiner Mutter und meinem Vater getrennt zu sein. Du musst Angst gehabt haben, als sie dich dort gelassen haben – die Schule sieht so groß und unpersönlich aus."

Ich hatte sie zu dem Ort gebracht, an dem ich so lange gelebt hatte. Sie hatte es damit verglichen, in einem Waisenhaus aufzuwachsen. Es war nicht ganz so schlimm gewesen, aber es war nicht so, wie zu Hause mit der eigenen Familie aufzuwachsen.

„Ich hatte Angst. Ich habe im ersten Monat jede Nacht geweint. Und dann hörte ich auf zu weinen, als mir klar wurde, dass mein Vater mich nur für kurze Besuche nach Hause kommen lassen würde. Ich akzeptierte es." Und ich wusste, dass ich mein Leben führen könnte, ohne dass meine Eltern ein Teil davon waren. Mein Vater hatte dafür gesorgt, dass ich wusste, wie ich ohne sie überlebte.

„Ich werde dich nie verlassen, Coy." Die Art, wie ihre Hände meinen Rücken streichelten, tröstete mich. Niemand hatte mich jemals so getröstet, wie Lila es konnte. Nicht einmal meine Mutter.

Ich hatte mich immer meiner Mutter näher gefühlt. In meiner Kindheit hatte ich beobachtet, wie sie gezwungen gewesen war, sich ständig dem Willen meines Vaters zu beugen. Sie war genauso ein Opfer wie ich gewesen. Aber sie war in gewisser Weise stark gewesen und er hatte sie nicht annähernd so angebrüllt wie mich. Ich war damals allerdings ein Kind gewesen. Jetzt, mit achtzehn Jahren, wurde ich als Mann angesehen. Mein Vater konnte nicht länger über mich herrschen.

Ich schob ihr seidiges Haar aus ihrem Gesicht, sah sie an und wusste, dass sie es wert war, alles zu verlieren – sogar meine Eltern. „Ich werde dich niemals verlassen, Lila. Und eines Tages werden wir es offiziell machen. Ich kann es kaum erwarten, dich zu heiraten."

Lila würde in zwei Wochen achtzehn werden. „Ich kann es auch kaum erwarten, dich zu heiraten, Coy. Ich wäre überglücklich, an meinem achtzehnten Geburtstag mit dir zum Gerichtsgebäude zu gehen und deine Frau zu werden."

Ich fragte mich, was unsere Familien tun würden, wenn wir einfach durchbrennen, heiraten und dann nach Hause zurückkehren würden. Sie könnten nicht viel tun. Es wäre nicht mehr zu ändern und sie müssten sich einfach damit abfinden.

„Ich möchte dich nicht mehr verstecken. Auch nicht in Lubbock. Ich denke, wir sollten heiraten, noch bevor der Sommer endet. Auf diese Weise kann ich dich als meine Frau nach Lubbock mitnehmen. Ich fühle mich jetzt schon schlecht, weil wir unsere Liebe verheimlichen müssen. Ich will nicht so weitermachen."

„Die Leute werden uns für verrückt halten", warnte sie mich.

„Nun, ich bin verrückt. Nach dir." Ich lächelte und küsste sie. Ihre Küsse brachten mich an einen himmlischen Ort und ich wusste, dass ich von nun an überall mit ihr hingehen wollte.

Zur Hölle mit unseren Familien. Alles, was wirklich zählt, sind wir beide.

KAPITEL SECHS

Fiona

Dezember 1967 – Carthage, Texas – Whisper Ranch

Sechs Monate nach unserer Heirat verschwand Collin nachts. Allerdings nicht jede Nacht. Ungefähr jede dritte oder vierte Nacht war er weg, wenn ich aufwachte. Ich wollte nicht durch das riesige Haus wandern und riskieren, die anderen zu wecken, also blieb ich wach im Bett und fragte mich, wohin er gegangen war.

Er blieb so lange weg, dass ich irgendwann einschlief, nur um wieder aufzuwachen, wenn er tief und fest in unserem Bett schlief. Er war dann immer nackt und stank nach Sex.

Ich hoffte, dass er sich irgendwo selbst befriedigte und keine Beziehung zu jemand anderem hatte. Ich konnte mich nicht dazu bringen, mit ihm darüber zu sprechen, was er tat.

Ich fand Sex überhaupt nicht angenehm. Und ich konnte seine Frustration jedes Mal spüren, wenn wir Sex hatten, was einmal pro Woche am Sonntagabend war.

Ich ging jeden Sonntagmorgen mit seiner Mutter in die Kirche – Collin und sein Vater kamen nie mit. Ich fand das seltsam, da er das ganze Jahr über mit mir und meinen Eltern in die Kirche gegangen war, als wir in Lubbock gewesen waren. Aber als wir zu ihm nach Hause gezogen waren, hatte sich das geändert.

Ich war diejenige, die vorgeschlagen hatte, dass wir am Sonntagabend Sex hatten. Und zwar nur, um ein Baby zu zeugen, sonst nichts. Ich hatte keine Ahnung, warum ich Sex so ekelhaft fand, aber ich tat es.

Ich hasste die Hitze seines Samens, wenn er in meinen Körper floss. Und ich fand den Geruch so widerlich, dass mir immer schlecht wurde und ich mich beherrschen musste, nicht zu würgen.

Wenn er also wieder ins Bett kam und nach Sex stank, schlief ich immer mit dem Kopf unter dem Kissen, um es nicht riechen zu müssen.

Nachdem er einen Monat lang unser Bett verlassen hatte, hatte ich schließlich das Gefühl, dass ich ihn fragen sollte, was los war. Ich wachte auf und er war wieder weg, aber diesmal wartete ich, bis er zurück ins Schlafzimmer kam.

Er starrte mich mit großen Augen an, als er die Tür öffnete und mich mit eingeschalteter Lampe im Bett sitzen sah. „Warum bist du wach, Fiona?"

„Ich denke, es ist Zeit, dass du mir sagst, warum du mitten in der Nacht unser Bett verlässt, um Stunden später nach Sperma stinkend zurückzukehren." Ich verschränkte die Arme vor der Brust und wartete auf seine Antwort.

Sofort wurde sein Gesicht rot. „Das geht dich nichts an." Er ging ins Badezimmer und drehte die Dusche auf. Ich fand das seltsam, da er das noch nie zuvor getan hatte.

Ich saß im Bett und Tränen brannten in meinen Augen, als meine Gedanken sich überschlugen. Es gab einige junge Mädchen, die im Haus arbeiteten und lebten. *Schleicht er sich davon, um Sex mit einer von ihnen zu haben?*

Ich stand auf und ging zum Badezimmer. Als ich die Tür öffnete, war die gläserne Duschwand so stark angelaufen, dass ich hinter dem Dampf seine Silhouette kaum erkennen konnte.

„Collin, ich weiß, dass ich dich nicht befriedigen kann, wenn wir Sex haben. Schläfst du mit einem der Dienstmädchen?"

„Nein", knurrte er. „Und du versuchst nicht einmal, mich zu befriedigen."

„Es tut mir leid. Ich weiß nicht, was ich tun soll, um anders zu empfinden."

„Du liegst einfach nur da, steif wie ein Brett. Es fällt mir nicht leicht, überhaupt einen Orgasmus zu haben. Und dann machst du jedes Mal, wenn ich ejakuliere, dieses schreckliche Geräusch."

Ich hatte nicht bemerkt, dass er mein Würgen gehört hatte. Ich hatte mich bemüht, es zu verbergen, aber anscheinend hatte er es trotzdem mitbekommen. „Es tut mir leid. Wirklich. Ich werde mir mehr Mühe geben, damit aufzuhören."

Er hatte gesagt, nicht mit einem der Dienstmädchen geschlafen zu haben, und dadurch fühlte ich mich besser. Aber nicht viel.

„Warum kannst du nicht wenigstens deine Beine anwinkeln?" Er stellte das Wasser ab und ich drehte ihm den Rücken zu, damit ich ihn nicht nackt sah.

Ich hatte die wenigen kurzen Blicke, die ich auf seine Männlichkeit zwischen seinen Beinen geworfen hatte, nicht genossen. „Es fühlt sich unangenehm an, wenn du mich dazu bringen willst, das zu versuchen."

„Warum wendest du dich von mir ab?"

„Weil du nackt bist und ich nicht möchte, dass du dich schämst." Ich fand das sehr nett von mir.

Er aber offensichtlich nicht. „Dreh dich um und sieh dir deinen Ehemann an, Fiona Gentry."

Ich holte tief Luft und tat, was er sagte, wobei ich darauf achtete, meine Augen über seiner Taille zu halten. „Bist du jetzt glücklich?"

Er bewegte seine Hand und umfasste seinen Penis. „Sieh hierher."

Das wollte ich nicht. „Collin, hör auf."

„Nein", schrie er. „Sieh hierher." Er bewegte seine Hand und schüttelte seine Männlichkeit, als wollte er mich damit verspotten.

„Du bist widerlich." Ich ging zurück zum Bett und kroch unter die Decke. „Hast du etwas getrunken?" Ich vermutete, dass er unten gewesen war, um sich zu betrinken und wahrscheinlich mit sich selbst zu vergnügen – mir wurde schlecht bei der Vorstellung

„Ein bisschen." Er kam nackt zum Bett.

Ich schaltete die Lampe aus, damit ich nicht sehen musste, wie sein Penis zwischen seinen Beinen schwang. „Lass uns einfach schlafen gehen. Ich bin müde."

„Du hättest nicht aufbleiben sollen, bis ich wieder ins Bett komme. In *unser* Bett." Er ließ sich auf das Bett fallen und die Federn quietschten unter seinem Gewicht. Dann bewegte er sich weiter, sodass sie immer lauter quietschten.

„Was machst du da?"

„So soll es klingen, wenn zwei Menschen Sex auf einem Bett haben."

„Bitte schlafe jetzt. Du bist betrunken."

„Weißt du, wenn es dich so anekelt, Sex mit mir zu haben, solltest du vielleicht einfach auf deine Hände und Knie gehen, damit du mich nicht ansehen musst, während wir es tun."

Als ich mir vorstellte, was er vorschlug, hatte ich das Gefühl, ich müsste mich übergeben. „Du willst mich wie ein Tier besteigen?"

„Das ist eine Möglichkeit, es auszudrücken. Wir sollten es jetzt versuchen. Geh auf die Knie."

Ich wollte keinen Sex mit ihm haben. „Es ist Dienstag, nicht Sonntag. Vielleicht möchte ich dann diese schreckliche Position ausprobieren. Ich bezweifle es jedoch. Die Missionarsstellung ist am besten. Sex dient dazu, Babys zu zeugen, und sonst nichts."

„Da irrst du dich. Und du irrst dich sogar über diese

Position. Auf den Bildern winkelt die Frau die Beine an", ließ er mich wissen.

„Auf den Bildern?" Jetzt ahnte ich, dass er sich pornografische Magazine ansah, während er onanierte.

„Ja. Es gibt Bilder von Menschen, die Sex haben. Und alle Bilder, die ich gesehen habe, zeigen, wie die Frau, die Beine anwinkelt. Und stell dir vor – es gibt noch viel mehr Positionen. Das ist nicht die einzige."

Ich wollte nicht länger darüber sprechen. „Können wir jetzt einfach schlafen?"

Er drehte sich zu mir um und legte seinen Kopf in seine Hand, als er seinen Oberkörper hob und auf mich herabblickte. „Warum stört es dich so sehr, mit deinem Mann über Sex zu sprechen?"

„Es ist unanständig." Ich spürte, wie meine Wangen vor Verlegenheit glühten.

„Wenn es unanständig ist, mit mir über Sex zu sprechen, mit wem kannst du dann darüber reden? Weil du mit jemandem über dein Problem reden musst." Seine Brust hob und senkte sich, als er seufzte.

Eine Träne strömte langsam über meine Wange. Er gab mir das Gefühl, vor Gericht zu stehen. „Es ist *kein* Problem, Collin. Wir haben Sex. Wenn du willst, dass ich die Beine anwinkle, dann werde ich es tun."

„Gut, lass es uns jetzt versuchen." Er zerrte die Decke von mir und zog am Saum meines Nachthemds, um mich davon zu befreien.

Aber ich hielt es mit meinen Händen fest. „Nicht heute Nacht."

„Warum nicht?" Er lächelte mich an. „Sonntag ist nicht die einzige Nacht, in der wir es tun können."

„Wir machen das heute Nacht nicht, weil du eindeutig betrunken bist." Ich konnte den leichten Geruch von Whisky in seinem heißen Atem wahrnehmen. Und ich war mir sicher, dass er sich bereits zum Orgasmus gebracht hatte. „Außerdem hast du dich schon verausgabt."

„Ich habe noch viel für dich übrig." Er strich mit seiner Hand über meine Schulter, als wollte er mich verführen.

„Collin, bitte hör auf. Ich möchte schlafen."

„Komm schon", sagte er lachend, als ob er sich lustig fand. „Lass uns einfach verrückt und wild sein."

„Ich habe das Gefühl, als würdest du mir nicht zuhören. Ich werde heute Nacht keinen Sex mit dir haben. Ende der Diskussion. Geh schlafen." Ich rollte mich auf die Seite und drehte ihm den Rücken zu.

„Also gut." Das Bett knarrte, als er sich auf die Seite legte und mir ebenfalls den Rücken zuwandte.

So habe ich mir unsere Ehe bestimmt nicht vorgestellt.

KAPITEL SIEBEN

Collin

Ich hatte keine Ahnung gehabt, dass Fiona sich als so verdammt prüde herausstellen würde. Wenn ich es getan hätte, hätte ich sie nicht geheiratet. Immerhin war ich ein Mann. Ein Mann mit den gleichen Bedürfnissen wie jeder andere.

Mir war jetzt klar, dass Fiona Sex nie mögen würde.

Ich hatte monatelang – jahrelang – versucht, Hilda zu vergessen. Aber als sich herausgestellt hatte, dass Fiona im Schlafzimmer mehr als eine Enttäuschung war, war ich zu Hildas kleiner Wohnung auf der anderen Seite der Stadt gefahren – der falschen Seite der Stadt.

Sie hatte keine Fragen gestellt, als ich zum ersten Mal zu ihr gekommen war. Sie hatte mir nur die Tür geöffnet und sich von mir in die Arme nehmen lassen, als wäre überhaupt keine Zeit vergangen.

Hilda war es egal, dass ich immer spät abends zu ihr kam. Wir hatten unglaublichen, verrückten Sex und dann ging ich wieder. Und Hilda beschwerte sich kein einziges Mal.

Sie sah den Ehering an meinem Finger und ich sah den

gequälten Ausdruck in ihren dunklen Augen. Aber sie fragte nie danach.

Ich hatte nicht vorgehabt, dass es zwischen uns weitergehen würde. Ich wusste, dass es egoistisch von mir war, aber ich dachte, ich würde Hilda nur brauchen, bis meine Frau sich an Sex gewöhnt hätte. Sobald das passiert wäre, wollte ich aufhören, zu ihr zu gehen. Ich würde dann alles, was ein Mann brauchte, zu Hause bekommen.

Mit Hilda wurde ich gerne grob, aber ich wusste es besser, als zu glauben, dass ich das jemals mit einer guten Frau wie meiner Ehefrau machen könnte. Alles, was ich von ihr wollte, war guter Sex. Aber anscheinend war das ein Wunschtraum.

Anscheinend würde ich also nicht aufhören, zu Hilda zu gehen. Ich war mir nicht sicher, wie ich mich deswegen fühlen sollte. Als ich jung und ledig gewesen war, war es ganz anders gewesen, mich davonzuschleichen, um Hilda zu treffen. Jetzt, da ich älter und verheiratet war, fehlte der Nervenkitzel, den ich zuvor empfunden hatte. Jetzt schien es mir geradezu gefährlich.

Wenn ich bei einer Affäre mit irgendeiner Frau erwischt werden würde, wäre das nicht gut. Wenn ich bei einer Affäre mit Hilda erwischt werden würde, die laut meiner Familie unter meiner Würde war, müsste ich mit dem Schlimmsten rechnen.

Mein Vater könnte mich enterben, wenn es jemals herauskäme. Ich könnte mittellos auf der Straße landen und Fiona würde mein Erbe bekommen. Ich kannte meinen Vater gut genug, um zu wissen, dass er mich grausam bestrafen würde, wenn ich mich seinen Wünschen widersetzte. Er würde mich den Wölfen zum Fraß vorwerfen, bevor er fragen würde, warum ich überhaupt zu Hilda gegangen war.

Fiona erfüllte die von meiner Ehefrau erwartete Rolle in jeder Hinsicht, außer wenn es um Sex ging. Sie war mir in jeder Hinsicht ergeben, bis auf eine. Sie hatte kein Interesse daran, mich im Bett zu befriedigen oder mir zu erlauben, sie zu befriedigen.

Stimmt etwas mit Fiona nicht?

Ich lag mit dem Rücken zu ihr und versuchte herauszufinden, was ich falsch gemacht hatte. Vielleicht musste Fiona einen Arzt aufsuchen. Wenn ein Arzt ihr sagte, dass es in Ordnung war, Sex mit ihrem Ehemann zu haben, würde sie es vielleicht in einem anderen Licht sehen.

Eines wusste ich mit Sicherheit. Ich wollte einen Erben. Ich wollte Kinder. Und ich wusste, dass ich unsere Beziehung verbessern musste.

Ich drehte mich um und strich mit meiner Hand über ihre Schulter, als wollte ich sie trösten. „Fiona, ich denke, du musst einen Arzt aufsuchen."

„Was?" Sie drehte sich auf den Rücken und sah mich mit großen Augen an.

„Du musst einen Arzt aufsuchen. Sex sollte sich gut für dich anfühlen. Ich glaube nicht, dass bei dir alles richtig funktioniert. Wurdest du jemals dort unten verletzt?" Es musste eine wissenschaftliche Erklärung für ihre Frigidität geben.

„Nein!" Sie schüttelte empört den Kopf. „Ich möchte dieses Gespräch wirklich nicht führen." Sie schloss die Augen und ihre Wangen wurden scharlachrot.

„Ich weiß, dass du das nicht willst. Aber du wirst dieses Gespräch mit einem Arzt führen müssen. Du musst gründlich untersucht werden, um sicherzustellen, dass du nicht krank bist." Ich wusste nicht, was ich sonst tun sollte – ich dachte, es wäre Zeit für professionelle Hilfe.

„Du meinst, ich *muss* zum Arzt gehen und mir in den Intimbereich sehen lassen?" Sie schüttelte wieder den Kopf und ihre blonden Haare flogen um ihr Gesicht. „Nein! Niemals!"

„Fiona, was denkst du, wird mit dir passieren, wenn du schwanger wirst?" Ich musste mich fragen, ob sie überhaupt wusste, wie solche Dinge funktionierten. Mir war inzwischen klar, dass sie sehr naiv war.

„Ich weiß es nicht. Es ist mir auch egal. Ich weiß nur, dass ich mich zu gegebener Zeit darum kümmern werde. Vorerst werde ich mich nicht damit befassen. Mit mir ist nichts falsch."

Ich zog mir einen Pyjama an, da ich nicht länger in der Nähe meiner Frau nackt sein wollte. „Ich werde dich nicht anbetteln, dir Vergnügen bereiten zu dürfen."

„Gut." Sie drehte sich wieder auf die Seite und zog die Decke so hoch, dass alles außer ihrem Kopf bedeckt war. „Ich will jetzt schlafen."

Nachdem ich meinen Pyjama angezogen hatte, legte ich mich wieder ins Bett und versuchte, nicht an die Ereignisse der Nacht zu denken. Ich hatte so viel Spaß gehabt, bevor ich nach Hause gekommen war. Hilda hatte mich mit dem Mund verwöhnt und ich war zwischen ihren Lippen explodiert. Sie hatte es genauso geliebt wie ich.

Hilda ließ mich immer tun, was ich wollte, und sie liebte alles davon, auch wenn ich ihren süßen Hintern auspeitschte, bis er rosarot war.

Wenn ich Fiona jemals etwas darüber sagen würde, ihren süßen Hintern zu verprügeln, würde sie mich für ein Monster halten. Sie und ich waren im Bett nicht kompatibel, so viel war sicher.

Fiona seufzte, als ich wieder im Bett lag, und drehte sich dann zu mir um. „Ich weiß, dass du erwartest, dass ich im Schlafzimmer mutiger bin. Also werde ich es versuchen. Ich werde die Beine anwinkeln. Du darfst mich sogar von hinten nehmen. Aber ich möchte nichts anderes tun. Es … fühlt sich für mich nicht richtig an."

„Du verpasst etwas." Ich dachte, sie sollte das wissen. „Du solltest wirklich zum Arzt gehen."

„Ich werde einen Arzt aufsuchen, wenn ich schwanger bin. Nicht vorher. Du kannst mich jetzt auf mehr als eine Weise haben, also sei damit zufrieden."

„Ich will dreimal pro Woche oder öfter Sex mit dir haben. Wenn du sagst, dass Sex nur dazu dient, Babys zu zeugen, dann will ich sicherstellen, dass wir genau das tun. Als dein Ehemann erwarte ich, dass du mehr Einsatz zeigst."

Sie seufzte laut. „Also gut. Du kannst jede Nacht Sex mit mir haben, wenn du denkst, dass es uns bei der Empfängnis hilft. Aber nur so, wie ich es dir erlaubt habe."

„Ein wenig Vorspiel würde dabei helfen, dich zu stimulieren – es würde dir helfen, es mehr zu genießen." Sie schien die Grundlagen von Sex nicht zu kennen. „Ich züchte jetzt schon eine ganze Weile Rinder und Pferde. Wenn eine Kuh brünstig wird, werden es auch die anderen. Der Bulle ändert, wie er mit ihnen umgeht. Er wird spielerischer mit den Kühen und es gibt viel mehr Körperkontakt, bevor er sie tatsächlich besteigt."

„Ich bin schon lange genug auf der Ranch, um das mitzuerleben. Und ich habe gesehen, wie die Kühe versuchen, von dem Stier wegzukommen. Anscheinend stört sie seine Aufmerksamkeit mehr als alles andere." Sie würde nicht nachgeben.

„Also gut, Fiona. Aber wundere dich nicht, wenn ich mich gehenlasse und ein- oder zweimal stöhne, während ich dich von hinten ficke."

„Bitte nenne es nicht so. Es fällt mir auch so schon schwer genug."

Warum muss sie so verdammt prüde sein?

KAPITEL ACHT

Fiona

1969 – Carthage, Texas – Whisper Ranch

Zwei Jahre waren vergangen und ich war immer noch nicht schwanger. Ich hatte mich an den Sex gewöhnt. Es war nie so gut, dass es mir gefiel, aber ich hatte mich damit abgefunden. Collin hatte nach dem ersten Monat, in dem wir versucht hatten, ein Baby zu zeugen, nicht mehr jede Nacht Sex haben wollen, sondern nur noch zweimal in der Woche. Sonntags und mittwochs hatten wir jeweils zweimal Sex gehabt, einmal vor dem Schlafengehen und einmal mitten in der Nacht, wenn er mich weckte, indem er auf mich kletterte.

Er hatte eine Mission gehabt und schließlich war die Mission erfüllt. Eines Tages ging ich ins Wohnzimmer, wo Collin und seine Eltern nach dem Abendessen saßen. Ich war eine Woche zuvor beim Arzt gewesen und an diesem Tag dorthin zurückgegangen, um das Testergebnis zu erfahren. Ich hoffte, dass die Neuigkeit für alle ein Grund zur Freude sein würde.

Collin sah mich nicht einmal an, als ich ins Zimmer kam. Seine Mutter tat es jedoch und richtete ihre Aufmerksamkeit von den Stricknadeln in ihrem Schoß auf mich. „Hallo, meine Liebe." Ihre Augen schweiften zu dem Blatt Papier in meiner Hand. „Was hast du da?"

„Ich habe etwas, das unser Leben hier ein wenig verändern wird." Ich wusste, dass ein Baby im Haus einen großen Unterschied machen würde. Kein Kleinkind war mehr darin gewesen, seit Collin einst eines gewesen war.

Meine Schwiegermutter sah ihren Sohn an. „Hör zu, Collin. Deine Frau möchte uns etwas zeigen."

Er hob den Blick von dem Buch, das er gelesen hatte. „Was denn?"

Ich hielt das Blatt Papier vor mich, als ich zu ihm ging und es ihm reichte. „Hier, bitte. Lies es selbst."

Er tat es und seine dunklen Augenbrauen hoben sich. „Du bist zum Arzt gegangen."

„Ja." Ich konnte nicht aufhören zu lächeln.

Er lächelte auch. „Und hier steht, dass du letzte Woche einen Schwangerschaftstest gemacht hast."

„Ja." Ich wiegte mich hin und her, während ich darauf wartete, dass er die Worte sagte, die ich mir so lange ersehnt hatte.

„Und hier steht, dass das Testergebnis positiv ist." Er legte das Blatt Papier weg, als er mich ansah. „Wir bekommen also ein Baby?"

Ich nickte und sagte: „Ja, das tun wir."

Plötzlich war seine Mutter hinter mir und umarmte mich, und sein Vater stand mit leuchtenden Augen auf. Collin war der Einzige, der nicht aufstand. Stattdessen nickte er. „Gut. Du hast endlich getan, was eine Frau tun soll."

Seine Mutter ließ mich los und wir beide starrten Collin mit offenem Mund an. Sie fragte schließlich: „Willst du nicht aufstehen und deine Frau umarmen?"

„Warum?" Er hob das Buch wieder auf. „Dafür, dass sie getan hat, wofür Gott sie gemacht hat?"

Auf seine leidenschaftslose Reaktion war ich nicht

vorbereitet gewesen. Als Tränen in meine Augen traten, rannte ich aus dem Zimmer, nahm die Treppe ins Obergeschoss und floh in unser Schlafzimmer.

Ich schlug die Tür hinter mir zu und warf mich auf unser Bett, um in mein Kissen zu schluchzen. „Wie kann er nur so gemein sein?"

Ich hatte meinem Mann die besten Neuigkeiten gegeben, die eine Frau ihrem Ehemann geben konnte, und er tat so, als würde es ihm nichts bedeuten. Ich verstand ihn überhaupt nicht.

Ich schluchzte so laut, dass ich nicht hörte, wie er in unser Schlafzimmer kam, aber eine Hand auf meiner Schulter ließ mich wissen, dass er da war. „Fiona, warum in aller Welt weinst du?"

Ich setzte mich auf und musste mich zusammenreißen, um ihn nicht zu schlagen – ich wollte es so sehr. „Wie kannst du mich das fragen? Ich habe dir gesagt, dass ich ein Kind erwarte, und es scheint dich überhaupt nicht zu interessieren. Seit zwei Jahren bemühen wir uns, dieses Baby zu bekommen. Zwei Jahre, Collin! Und du kannst nicht genug Emotionen aufbringen, um mich zu umarmen und mir zu sagen, dass du glücklich darüber bist."

„Natürlich bin ich glücklich. Du weißt, dass ich Kinder will. Ich verstehe nicht, warum du etwas anderes vermuten würdest." Er saß neben mir auf dem Bett und fuhr sich mit der Hand durch die Haare. „Ich meinte nur, dass dein Körper sich endlich dazu entschlossen hat, das zu tun, wozu er gemacht wurde – Kinder zu gebären."

„Und warum denkst du, dass die lange Wartezeit auf *meinen* Körper und nicht auf *dein* Sperma zurückzuführen ist?" Ich wusste, dass er sich immer noch mindestens ein- oder zweimal pro Woche selbst befriedigte. Unzählige Nächte war er verschwunden und erst vor Sonnenaufgang wieder aufgetaucht. „Du hast es nicht aufgespart."

Er legte den Kopf schief. „Was meinst du damit?"

„Ich meine, du hast onaniert – du hast ohne Zweifel Pornomagazine angeschaut und ejakuliert. Das könnte der Grund dafür sein, dass wir so lange gebraucht haben. Vielleicht war es gar nicht meine Schuld. Der Arzt hat mich untersucht und überhaupt nichts Falsches an mir gefunden."

Seine Augenbrauen schossen hoch. „Wirklich?" Sein Kiefer spannte sich an. „Und wie verlief diese Untersuchung?"

Ich war sehr stolz darauf, wie sehr ich dem Arzt vertraut hatte. „Letzte Woche, als ich für den Schwangerschaftstest hingegangen bin, fragte er mich, ob ich jemals eine Beckenuntersuchung gehabt hätte, und ich sagte ihm, dass ich keine gehabt hatte. Er sagte, dass ich eine brauchen würde, um sicherzustellen, dass meine Fortpflanzungsorgane in Ordnung sind."

„Und er hat herausgefunden, dass es so ist?", fragte er.

„Ja." Aber ich hatte meinem Arzt mehr erzählt. „Als er mir sagte, dass alles großartig aussah, erzählte ich ihm von meiner mangelnden Begeisterung für Sex und er bat mich, mich zurückzulehnen und meine Augen zu schließen, während er einige Tests durchführte."

Mit zusammengekniffenen Augen fragte er: „Welche Art von Tests hat er durchgeführt?"

„Professionelle Tests." Es gefiel mir nicht, wie er mich ansah. „Wie auch immer, er benutzte ein Instrument, um eine Stelle zu stimulieren, die er Klitoris nannte, und es hat funktioniert."

„Er hat dich zum Orgasmus gebracht?" Entsetzen war in seiner Stimme und Wut funkelte in seinen Augen.

„Ja." Ich verstand nicht, warum er so wütend war. „Hör zu, er sagte, dass der Grund, warum ich den Sex mit dir nicht mag, wahrscheinlich etwas mit deiner Einstellung zu mir zu tun hat. Vielleicht solltest du überlegen, was du dagegen tun kannst." Er musste erkennen, dass ich als Frau mehr brauchte, als er mir gab – und zwar nicht nur körperlich. „Du machst mir keine Komplimente." Der Arzt hatte mir viele Fragen zu unserer Beziehung und unserer Kommunikation gestellt. Er war sehr nett und aufmerksam gewesen und hatte gesagt, dass meine Abneigung gegen Sex mit Collin viel damit zu tun haben könnte, wie wir außerhalb des Schlafzimmers miteinander umgingen.

„Niemals", stimmte er mir zu. „Das hat dich in dem Jahr, in dem wir uns verabredet haben, nie gestört."

„Nun, wir hatten damals keinen Sex. Ich nehme an, ein Mädchen muss ab und zu nette Dinge von seinem Ehemann hören, wenn es Spaß am Sex mit ihm haben soll." Und der Arzt hatte mir noch mehr gesagt. „Ich habe ihm auch erzählt, dass du mindestens zweimal pro Woche onanierst, und er sagte, das ist wie ein Schlag ins Gesicht einer Frau. Das ist vielleicht noch ein weiterer Grund dafür, dass ich ungern Sex mit dir habe."

„Das habe ich zu Beginn unserer Ehe nicht getan, und das weißt du auch." Er stand vom Bett auf und stellte sich ans Fußende, scheinbar um von mir wegzukommen.

„Du verstehst das alles falsch. Ich erzähle dir diese Dinge nur, damit wir sie ändern können. Damit wir versuchen können, unser Liebesleben zu verbessern. Das hat der Arzt mir geraten. Er sagte, dass wir ehrlich zueinander sein müssen, wenn wir eine glückliche Ehe und ein gesundes Sexualleben haben wollen. Willst du das nicht mit mir?"

„Zieh deine Kleider aus." Er verschränkte die Arme vor der Brust.

Ich war mir nicht sicher, worauf er hinaus wollte. „Warum?"

„Weil du diesem Mann erlaubt hast, dir Vergnügen zu bereiten, was du mich nie tun lässt. Du hast mir gesagt, dass du dort nicht gerne berührt wirst. Aber du magst es eindeutig. Nur nicht von deinem Ehemann – dem einen Mann, der dich dort berühren soll."

„Bist du eifersüchtig?", fragte ich verwirrt. „Auf einen Arzt?"

„Einen Arzt, der meiner Frau ihren ersten und einzigen Orgasmus verschafft hat. Und außerdem war das schon vor einer Woche, also hast du es die ganze Zeit vor mir verheimlicht. Wie oft hatten wir Sex, seit dieser Arzt dich angefasst hat?"

„Sag das nicht. Er hat seine Finger nicht benutzt. Er benutzte eine Maschine. Ein medizinisches Gerät." Ich hasste, wie hässlich es bei ihm klang.

„Diese Maschine heißt Vibrator, Fiona. Und das ist nicht nur ein medizinisches Gerät. Beantworte meine Frage."

„Zweimal. Du und ich hatten seit meinem Termin zweimal Sex." Ich verstand nicht, warum das wichtig war.

„Du hattest also zwei Möglichkeiten, mir zu erzählen, was zwischen dir und diesem Arzt – den du übrigens niemals wiedersehen wirst – passiert war."

Ich mochte seinen Ton nicht – oder was er sagte –, aber ich war immer noch auf etwas konzentriert, das er zuvor gesagt hatte. „Woher weißt du, dass das medizinische Gerät Vibrator genannt wird?"

„Das weiß jeder, Fiona. Viele Leute benutzen Vibratoren Nicht nur Ärzte. Um ehrlich zu sein, hatte ich keine Ahnung, dass Ärzte sie verwenden, um ihre Patientinnen zum Orgasmus zu bringen. Was kommt als Nächstes? Mehr Termine für Orgasmen?"

„Das glaube ich nicht. Ich hatte heute keine, wenn du das denkst." Aber der Arzt hatte mir gesagt, dass ich darüber nachdenken könnte, mir einen Autostimulator zu besorgen. Nicht, dass ich meinem unglaublich wütenden Ehemann davon erzählen wollte.

„Warum hast du immer noch deine Kleider an?" Er musterte mich von oben bis unten an. „Ich will dich nackt."

Wir wussten beide, dass er mir keinen Orgasmus verschaffen konnte. „Und was willst du mit mir machen?"

„Du vertraust mir nicht."

„Ich weiß."

Schmerz füllte seine dunklen Augen. „Warum vertraust du mir nicht? Habe ich dir jemals wehgetan?"

„Ich glaube nicht, dass du es absichtlich tust, aber ja. Du hast mir fast jedes Mal wehgetan, wenn wir Sex hatten. Du bist zu grob." Ich hatte nie vorgehabt, ihm das zu sagen, aber er hatte gefragt.

Sein Kiefer war angespannt und seine Hände waren an seinen Seiten zu Fäusten geballt. „Ich bin nicht grob zu dir. Du hast keine Ahnung, was harter Sex ist. Ich würde es dir zeigen, aber dafür bist du offensichtlich viel zu zerbrechlich."

„All diese widerliche Pornografie hat dich auf seltsame Gedanken gebracht, Collin. Du solltest damit aufhören. Ich habe einige der Bilder gesehen, weißt du? Und niemand im wirklichen Leben macht all die Dinge, die diese ekligen Leute in diesen schrecklichen Magazinen machen."

„Wie tue ich dir weh?"

„Du stößt zu fest zu. Du rammst einfach deinen Penis in mich und es tut von Anfang bis Ende weh."

„Ich habe versucht, dich zu erregen, bevor ich in dich eingedrungen bin, aber du hast gesagt, dass du es hasst. Trotzdem hast du es einem anderen Mann erlaubt und dich von ihm zu deinem einzigen Orgasmus bringen lassen." Er zeigte auf seine Brust. „Das gehörte mir und du hast es verschenkt, als wäre es nichts. Das Ding zwischen deinen Beinen gehört mir. Nur mir. Verstehst du mich? Du wirst niemandem – nicht einmal einem verdammten Arzt – jemals wieder erlauben, deinen Körper zu stimulieren. Du gehörst mir und nur ich werde dich erregen. Jetzt zieh dich aus, damit ich dir zeigen kann, was ich für dich tun kann."

„Nein." Ich wollte mich nicht von ihm berühren lassen. „Ich mag deine Einstellung nicht, Collin. Und ich werde mich dir nicht hingeben, wenn du so wütend bist. Vielleicht, wenn du dich beruhigt hast – aber nicht jetzt."

„Weil ich dir schon oft wehgetan habe."

„Ja."

Er wandte sich von mir ab und ging zur Tür. „Ich gehe etwas trinken."

„Großartig." Darüber war ich überhaupt nicht glücklich. Es bedeutete, dass er betrunken nach Hause kommen und versuchen würde, Sex mit mir zu haben. Er war immer grob zu mir, wenn er getrunken hatte. Aber ich war froh, dass er eine Weile weg sein würde. „Ich werde hier sein."

„Wo eine Frau hingehört." Damit schloss er die Tür und ließ mich allein.

KAPITEL NEUN

Collin

Der Tag, an dem ich erfuhr, dass ich Vater werden würde, hätte der glücklichste Tag meines Lebens sein sollen. Nur war es nicht so, denn meine frigide Frau hatte ihrem Arzt ihren ersten Orgasmus geschenkt.

Ich kippte noch ein Glas Whisky herunter, bevor ich vom Barhocker stieg. „Es reicht. Ich werde es ihr zeigen."

Als ich vom Parkplatz fuhr, bog ich nach links ab, anstatt nach rechts zur Ranch, um zu meiner Frau zurückzugelangen. Ich wollte sie noch nicht sehen. Ich war immer noch zu wütend.

Also fuhr ich zu Hilda. Ich hatte ihr ein kleines Haus gekauft, immer noch auf der falschen Seite der Stadt. Wenn ich sie in einem Haus auf der richtigen Seite der Stadt untergebracht hätte, hätten die Leute angefangen, Fragen zu stellen.

Das Haus befand sich nicht nur auf der falschen Seite der Stadt, sondern auch am Rande der Stadtgrenze. Die Einfahrt wurde von riesigen Salzzedern flankiert, die das Haus und den

Hof vor neugierigen Blicken schützten. Niemand würde mich bei ihr finden.

Sobald ich vorfuhr, öffnete sich die Haustür und da stand sie und wartete wie immer auf mich. Hilda beschwerte sich nie – obwohl sie jedes Recht dazu hatte.

Ich stieg aus meinem Truck und ging zu ihr. Sie trat zurück, um mich hereinzulassen. „Du scheinst verärgert zu sein, Collin."

„Das liegt daran, dass ich es bin." Ich hatte nie mit Hilda über meine Frau oder meine Ehe gesprochen. Es schien kein geeignetes Thema zu sein, um mit einer Geliebten darüber zu sprechen. Aber ich musste mit jemandem reden. „Sie sagte, ich hätte ihr beim Sex wehgetan. Sie hat sich letzte Woche von einem verdammten Arzt zum Orgasmus bringen lassen. Ich habe der frigiden Schlampe noch keinen einzigen entlocken können und sie hat einem anderen Mann erlaubt, das zu nehmen, was mir gehört!"

„Ich verstehe." Sie schenkte mir einen Drink ein.

„Ich weiß, wie man eine Frau zum Orgasmus bringt."

„Ja, das weißt du." Sie gab mir das Glas.

Ich trank einen Schluck und der Whisky brannte in meiner Kehle. „Sie ist zu prüde. Sie möchte lieber, dass jemand einen Vibrator an ihr benutzt als seinen Mund."

„Sie ist eine Idiotin." Sie setzte sich auf das Sofa und zog ihre Beine unter sich.

Hilda war üppig und kurvig. Ihre karamellfarbene Haut war zart und leuchtete unter dem schwachen Licht, das aus der Küche hinter ihr kam.

Hilda war mir vertraut. Es war leicht, mit ihr zusammen zu sein. Es war leicht, sie zu ficken. Und sie beklagte sich nie.

„Was sie wirklich braucht, ist eine feste Hand." Ich stellte das Glas ab, bevor ich zu Hilda ging. „Wie die Hand, die ich dir gebe."

„Du hast recht." Sie senkte den Kopf. „Wenn du deinen

Zorn auf sie an mir auslassen musst, dann bin ich bereit, Meister."

Mir wurde heiß bei ihren selbstlosen Worten. Hilda akzeptierte ihre unterwürfige Rolle als meine Sub mit so viel Leichtigkeit und Vergnügen. Fiona würde diesen Teil von mir niemals akzeptieren. Ich würde meiner Frau niemals diese Seite von mir zeigen. Ich war dunkel wie die Nacht – und Fiona hatte keine Ahnung davon.

Aber es gab einen Teil von mir, der sich fragte, ob die Dominanz in mir tatsächlich den Willen meiner Frau brechen könnte. „Wenn ich sie nur einmal auspeitschen könnte, würde sie besser darauf achten, was sie sagt."

„Du hast recht."

Ich strich mit meiner Hand über ihren gesenkten Kopf. „Wenn ich mich nur einmal auf sie stürzen könnte, würde sie sich meinem Willen beugen."

„Du hast recht."

„Ich besitze dich."

„Das tust du."

„Und ich besitze sie auch."

„Das tust du."

„Warum kann ich mit ihr nicht die Dinge tun, die ich mit dir tue?"

„Weil sie nicht deine Sub ist, Meister. Sie ist deine Ehefrau."

Damit hatte sie recht. Fiona war eine gebildete Frau, die zu allem eine Meinung hatte. Sie wusste, was sie wollte und wie sie es wollte. Und sie wollte so wenig wie möglich mit meinem Schwanz zu tun haben.

„Ich hätte ihr niemals erlauben sollen, als Lehrerin in der Grundschule anzufangen." Ich hatte Hilda nicht mehr arbeiten lassen, seit ich nach Carthage zurückgekehrt war. Warum ich meine Frau arbeiten ließ, war mir ein Rätsel. „Sie war schon vorher zu eigensinnig und der Job hat es noch schlimmer gemacht."

Als ich mich vor Hilda stellte, wusste sie genau, was zu tun war, und begann, meine Jeans zu öffnen und sie nach unten zu zerren, sodass sie um meine Knöchel fiel. Sie nahm meinen Schwanz in ihre sehr fähigen Hände, bevor sie mich ansah. „Darf ich deinen Schwanz lutschen, Meister?"

Ich sah auf ihre seelenvollen Augen hinunter und nickte. „Du darfst."

Ein sanftes Lächeln umspielte ihre Lippen und sie leckte sie, bevor sie sich daran machte, mich zu verwöhnen. Wie immer lenkte sie mich von meinen Grübeleien ab und alles wurde wieder gut.

Ich strich mit meiner Hand über ihr seidiges dunkles Haar und liebte, wie es sich unter meiner Handfläche anfühlte. Alles an Hilda gefiel mir, von ihrer unendlichen Hingabe bis zu der Art, wie sie sich um jedes sexuelle Bedürfnis kümmerte, das ich hatte.

In der Gesellschaft herrschten Regeln, die ich nicht lange befolgen konnte. Ich fand immer den Weg zurück zu Hilda und dem dekadenten Leben, das sie und ich teilten.

Nachdem sie ihre Arbeit erledigt und meinen Samen getrunken hatte, stand sie auf, während ich mich setzte und versuchte, wieder zu Atem zu kommen. Sie verließ mich nur einen Moment lang und kam dann völlig nackt mit einem Ledergürtel in der Hand zurück.

Sie reichte mir den Gürtel, legte sich über meinen Schoß und präsentierte mir ihren nackten Hintern. „Peitsche sie aus, Meister. Peitsche deine Frau für ihren Verrat aus."

Ich bog das geschmeidige Leder in zwei Hälften, holte damit aus und schlug auf ihre karamellfarbene Haut. „Zähle deine Schläge."

„Eins", flüsterte sie.

„Weißt du, warum ich dich bestrafe?" Ich hob den Gürtel wieder.

„Weil ich einem anderen Mann erlaubt habe, das zu nehmen, was dir allein gehört."

Ich peitschte sie wieder. „Ja."

„Zwei."

Ich hob den Gürtel noch einmal und fragte: „Hat dir gefallen, was dieser Mann mit dir gemacht hat?"

„Ja."

Ich peitschte sie erneut, als Wut in mir aufstieg. „Dann noch zehn Schläge."

„Drei."

Ich gab ihr drei weitere in schneller Folge. „Bin ich nicht genug für dich?"

„Doch, das bist du", sagte sie. „Vier, fünf, sechs."

Ich schlug sie noch dreimal. „Wie kannst du mir das antun?"

„Sieben, acht, neun", sagte sie leise. „Ich war gedankenlos."

„Dann noch fünf Schläge." Ich verabreichte sie ihr schnell.

„Zehn, elf, zwölf, dreizehn, vier..." Ihre Stimme brach, als sie schluchzte.

„Du hörst dich an, als würdest du mich jetzt verstehen. Noch zwei." Ich schlug einmal zu.

„Fünf...", wimmerte sie, „fünfzehn." Ihr Körper zitterte, als sie verzweifelt weinte.

Ich gab ihr den letzten Schlag. „Dein Meister hat dir deine gerechte Strafe erteilt. Was sagst du zu deinem Meister?"

„Sechzehn", sagte sie mit tränenerstickter Stimme. „Danke, Meister."

Wäre Fiona auf meinem Schoß gewesen, hätte ich ihr vielleicht nicht so viele Schläge verabreicht. Aber ich wusste, dass Hilda die harte Bestrafung ertragen konnte, da ich sie jahrelang trainiert hatte. Ich wusste, dass sie es genauso genoss, die Schläge zu erhalten, wie ich es liebte, sie ihr zu geben.

Ich legte den Gürtel neben mich und strich mit meinen Händen über ihren roten Hintern. „Wenn du mein Vertrauen nicht missbraucht hättest, hätte ich das nicht tun müssen."

„Ja, ich verstehe. Ich war böse."

Ich zog ihre Pobacken auseinander, beugte mich vor und

streichelte sie mit meiner Zunge. „Für den nächsten Teil deiner Bestrafung werde ich deinen Hintern mit meinem Mund ficken und du darfst währenddessen nicht zum Orgasmus kommen. Wenn du kommst, bedeutet dies zwanzig weitere Peitschenhiebe für dich. Einer nach dem anderen, schön langsam. Verstehst du mich?"

„Ja, Meister."

Ich schob eine Hand unter sie, um ihre Klitoris zu reizen, während ich ihren Hintern mit meiner Zunge fickte. Und wie die gut ausgebildete Sub, die sie war, ertrug sie alles, ohne zu kommen.

Hilda war etwas, auf das ich stolz sein konnte, aber ich durfte keiner Menschenseele von ihr erzählen. Sie nahm alles, was ich zu geben hatte, und machte mich dadurch zu einem besseren Mann.

Aber ich war kein besserer Mann für meine Ehefrau, die zu Hause weinend auf unserem Bett lag und jetzt mein Kind erwartete. Ich war kein besserer Mann für sie, weil die Frau auf meinem Schoß –die so bereit war, die Strafe auf sich zu nehmen, die meine Ehefrau hätte bekommen sollen – mein Herz und meinen Schwanz beherrschte.

Wut überwältigte mich und ich hob Hilda hoch und legte sie auf das Sofa. Als ich auf sie hinabblickte, sah ich die Qual auf ihrem Gesicht. „Du willst kommen, oder?"

Sie nickte. „Aber ich werde es nicht tun."

„Du hattest recht damit, die Strafe, die für sie bestimmt war, auf dich zu nehmen, weißt du das?"

Sie nickte. „Ja."

„Wenn du nicht die Verführerin wärst, die du bist, wäre ich nicht hier und würde meine schwangere Frau betrügen. Wenn du nicht die böse Schlampe wärst, die du bist, wäre ich nicht so viele Nächte bei dir, wenn ich bei meiner Frau im Bett liegen sollte. Du bist eine dreckige Hure, das bist du. Und du hast mein Herz gestohlen. Ich habe der Frau, mit der ich verheiratet bin, nichts zu geben. Du hast unser Sexleben ruiniert."

„Es tut mir leid."

„Es wird dir leidtun, du dreckige Hure."

Im Stehen zog ich mich aus, zerrte sie an den Haaren hoch und warf sie zu Boden. Sie landete auf ihrem Rücken und ich stürzte mich auf sie und rammte meinen großen Schwanz in sie. Sie war so erregt und geschwollen, dass es mir schwerfiel, ganz hineinzukommen. Aber ich stieß zu, bis ich tief in der Schlampe war.

Sie kratzte meinen Rücken, als ich sie gnadenlos fickte. „Bitte", flehte sie.

„Bitte was?" Ich biss in ihren Hals.

Ihre Nägel krallten sich wieder in mich. „Bitte nicht."

„Nicht was, du böse Schlampe?" Ich biss in ihr Ohrläppchen, als ich immer wieder in sie stieß.

„Hör nicht auf, mich zu lieben, Meister." Sie schluchzte. „Ich kann nicht ohne dich leben."

Ich wurde langsamer, sah sie an und bemerkte, dass Tränen über ihr Gesicht liefen. „Als ob ich das könnte, du Verführerin. Als ob du das auch nur eine Sekunde lang zulassen würdest. Mein Herz gehört dir und das weißt du verdammt gut."

„Und mein Herz gehört dir. Das wird immer so sein." Sie streichelte meine Wangen und zog mich an sich, um sie zu küssen.

Unsere Zungen tanzten miteinander, als sie sich mir entgegenwölbte. Ich wusste nicht, wo ich endete und sie begann – wir waren eins.

Als ich sie zum sicherlich millionsten Mal nahm, fragte ich mich, ob meine Frau und ich jemals teilen würden, was meine Sub und ich teilten. Eine reine Liebe voller Geduld und dem unendlichen Verlangen, für immer eine Einheit zu sein.

Unsere Körper fanden Erlösung und ich ließ mich auf sie fallen und versuchte zu Atem zu kommen, während sie keuchte. Ich würde diese Art von Intimität niemals mit meiner Frau teilen. Und darüber war ich traurig.

Fiona erwartete mein Kind und trotzdem hatte ich das Gefühl, ein Teil von Hilda zu sein.

Ich konnte mir nicht vorstellen, dass sich das jemals ändern würde.

KAPITEL ZEHN

Lila

Juli 1988 – Carthage, Texas

Einen Tag nach meinem achtzehnten Geburtstag traf ich Coy im Gerichtsgebäude, wo wir unsere Heiratslizenz erwarben. Die Angestellte hinter dem Schreibtisch lächelte, als sie sagte: „Sie müssen noch drei Tage warten, bevor Sie legal heiraten können. Diese Lizenz ist neunzig Tage lang gültig. Sie müssen heiraten, bevor die Zeit abläuft."

„Wir werden in drei Tagen hierher zurückkehren und uns vom Friedensrichter trauen lassen", sagte Coy.

„Okay. Er wird wissen, dass die unterschriebene Lizenz innerhalb von dreißig Tagen nach der legalen Eheschließung eingereicht werden muss." Sie strahlte uns an. „Sie beide sind ein süßes Paar. Ich bin sicher, dass Sie zusammen glücklich sein werden. Herzlichen Glückwunsch!"

Coy gab mir das Dokument. „Nimm du das. Bewahre es in deiner Handtasche auf, damit wir es haben, wenn wir es brauchen."

Obwohl ich glücklicher war als je zuvor, war ich unheimlich nervös, als wir zu den Türen des Gerichtsgebäudes gingen. „Okay, ich werde es bei mir haben, wenn wir hierher zurückkommen." Ich hasste, dass wir nicht zusammen gesehen werden durften. Wir gingen ein großes Risiko ein, indem wir zusammen im Gerichtsgebäude waren. „Ich gehe zuerst. Du brichst in fünfzehn Minuten auf."

Er nickte, zog mich zu sich und küsste mich. „All die Heimlichtuerei wird bald der Vergangenheit angehören."

„Hoffentlich." Ich steckte die Heiratslizenz vorsichtig in ein Fach mit Reißverschluss in meiner Handtasche, damit niemand sie sehen konnte. Dann schloss ich meine Handtasche und ging zur Tür hinaus.

Ich sah mich um, um sicherzugehen, dass niemand, den ich kannte, da war. Mein Elternhaus war eine halbe Meile entfernt und ich musste den ganzen Weg dorthin laufen.

Ich hatte meinen Vater nicht fragen können, ob ich das Auto ausleihen dürfte, oder er hätte wissen wollen, warum. Also war ich zu Fuß losgegangen und hatte meiner Mutter gesagt, dass ich eine Freundin besuchen wollte.

Als ich ein paar Minuten später den Bürgersteig entlang ging, hörte ich das vertraute Geräusch von Coys Truck, der an mir vorbeifuhr. Er ließ spielerisch den Motor aufheulen und brachte mich zum Lächeln.

Coy war der attraktivste Mann, mit dem ich je ausgegangen war – oder den ich überhaupt kannte. Er hatte auch mehr Muskeln als jeder andere, mit dem ich zur Schule gegangen war. Er sagte, das würde an dem strengen Trainingsprogramm in seinem Internat liegen, das sich stark auf Sport konzentrierte.

Aber was Coy Gentry wirklich von allen anderen Jungen unterschied, die ich jemals gekannt hatte, war seine süße Art. Er war freundlich, sanft und fürsorglich. Er war auch viel reifer als jeder Kerl, den ich kannte. Ich vermutete, dass es daran lag, dass er nicht mehr zu Hause gewohnt hatte, seit er ein kleines Kind gewesen war. Er hatte schnell erwachsen werden und lernen müssen, sich bei normalen Dingen wie Trost und sogar Liebe nicht auf andere zu verlassen.

Coy hatte viel Liebe zu geben und ich dankte Gott dafür, dass ich sie empfangen durfte. Das Leben mit ihm als meinem Ehemann würde unglaublich werden. Ich hatte keinen Zweifel daran.

Ich wusste, dass es schnell zwischen uns gegangen war. Und ich wusste, dass schon allein dieser Umstand meiner Familie Anlass zur Sorge geben würde. Aber ich gab ihr die Schuld an unserer übereilten Heirat.

Wenn unsere Familien sich aus unseren Angelegenheiten herausgehalten und nicht zugelassen hätten, dass ihre Privatfehde unsere Beziehung beeinträchtigte, hätten wir mehr Zeit gehabt, bevor wir eine Ehe eingegangen wären.

Das war ihre Schuld, nicht unsere.

Meine Hoffnung war, dass jeder uns akzeptieren würde, sobald wir verheiratet waren und niemand etwas dagegen tun konnte. Aber es war ein langer Weg dorthin, und das wussten wir beide.

Coy hatte sich auf das Schlimmste vorbereitet. Er hatte Geld von dem Bankkonto abgehoben, das sein Vater an seinem sechzehnten Geburtstag für ihn eröffnet hatte. Aus Angst, dass jemand das Geld finden könnte, wenn er es bei sich zu Hause versteckte, hatte er es mir zur Aufbewahrung gegeben. Wieder diente meine Handtasche als unser Versteck.

Er hatte das Geld in Hundert-Dollar-Scheinen abgehoben, also war der Stapel nicht so dick. In meinem Portemonnaie war so viel davon, dass es schwierig wurde, es zu schließen.

Ich wusste, dass ich einen Umschlag besorgen musste, um alles aufzubewahren, was er sonst noch von dem Bankkonto abheben würde. Ich hatte es nicht einmal gewagt, das Geld zu zählen, das wir bisher hatten.

Als ich zum nächsten Zebrastreifen gelangte, sah ich, wie Coy ein Stück die Straße hinunter bei einem Gebrauchtwagenhändler parkte, und fragte mich, was er vorhatte. Da ich ohnehin in diese Richtung ging, wollte ich nachsehen. Nicht, dass ich in der Öffentlichkeit und bei Tageslicht direkt zu ihm laufen könnte.

Ich ging langsam vorbei und tat so, als würde ich überhaupt nicht in seine Richtung schauen, aber ich betrachtete ihn aus dem Augenwinkel. Und was ich sah, ließ mich stehenbleiben und den Kopf drehen, als Coy von dem Verkäufer einen Autoschlüssel bekam.

Coy ging zu einem braunen Honda Accord, stieg ein und startete ihn. Ich eilte um die Ecke, um mich zu verstecken, während ich zusah, wie er um den Block fuhr und dann zu dem Verkäufer zurückkehrte.

Mein Herz raste, als er ausstieg, nickte und mit dem Verkäufer sprach. Dann gingen sie ins Büro und ich hatte den deutlichen Eindruck, dass Coy das Auto kaufen würde. Ich hatte auch den Eindruck, dass er es mir schenken würde.

Nicht einmal meine Mutter hatte ein eigenes Auto. Niemand, den ich kannte, hatte ein eigenes Auto. Es gab Familienautos – jede Familie hatte eines. Aber niemand, den ich kannte, besaß ein eigenes Auto.

Und ich wusste, wenn Coy mir dieses Auto schenken würde, könnte ich es nicht mit nach Hause nehmen. Vielleicht nicht einmal nach unserer Hochzeit, aus Angst, mein Vater könnte meine Brüder dazu anstiften, es zu demolieren.

Dad konnte gemein sein. Das wusste ich. Ich hatte es selbst gesehen.

Es schien, als hätten die Männer in meiner Familie und die Männer in Coys Familie einiges gemeinsam. Das war ein Grund, warum ich Coy so besonders fand – er schien keinen bösen Knochen in seinem Körper zu haben.

Seine Mutter war in der dritten Klasse meine Lehrerin gewesen und soweit ich mich erinnerte, war sie sehr nett. Ich dachte, dass er nach ihr kommen musste. Aber sie setzte sich nicht für ihren Sohn ein, wenn es um seine Zukunft ging, was ich gar nicht nett fand.

Ich ging weiter, da Coy schon seit einiger Zeit im Büro des Verkäufers war. Ich hatte es nicht eilig, nach Hause zurückzukehren, und ging langsam. Ich fragte mich, warum eine so nette Frau wie Mrs. Gentry sich daran beteiligte, mich und Coy auseinanderzuhalten.

Ich hatte von ihrem Autounfall gehört. Und ich wusste, dass sie einige Zeit im Rollstuhl verbringen würde. Zwei der Knochen in ihrem unteren Rücken waren gebrochen. Ich war mir sicher, dass ihre Verletzungen etwas damit zu tun hatten, warum sie ihren Sohn nicht verteidigte und nicht für sein Recht einstand, selbst zu entscheiden, mit wem er sich verabredete.

Ein Auto raste die Straße entlang und hupte. Die Reifen quietschten, als es neben mir zum Stehen kam. „Lila!", rief Janine, meine beste Freundin, von der Beifahrerseite des Autos, das ihr Freund Dave fuhr. „Da bist du ja! Dein Vater sucht dich. Einer deiner kleinen Brüder hat in deine Handtasche geschaut und viel Geld gefunden. Dein Vater ist sich sicher, dass du dich mit diesem Gentry-Typen getroffen hast, obwohl du dich von ihm fernhalten sollst. Er ist wütend. Und er fährt herum und sucht dich."

Ich hielt meine Handtasche fest umklammert und wusste nicht, was ich tun sollte. „Danke, Janine. Ich muss schnell etwas unternehmen. Sag niemandem, dass du mich gesehen hast. Bitte."

„Das werde ich nicht. Himmel, du solltest wissen, dass du mir vertrauen kannst – ich bin deine beste Freundin, Lila." Sie verdrehte die Augen, als könnte sie nicht glauben, dass ich etwas vor ihr verheimlichte. „Für was für eine Freundin hältst du mich?"

„Für eine gute. Und ich werde dir später mehr erzählen. Jetzt muss ich weiter." Ich rannte den Weg zurück, den ich gekommen war. Ich musste das Geld zurück zu Coy bringen, sonst würde mein Vater es mir bestimmt wegnehmen. Und er würde sicherlich meine ganze Handtasche durchsuchen, also musste ich Coy die Heiratslizenz geben, damit er darauf aufpasste.

Coy war noch im Büro, als ich zu dem Gebrauchtwagenhändler kam, also stieg ich in seinen Truck und versteckte mich auf dem Boden, damit mich niemand sehen konnte, wenn er vorbeifuhr. Ich war mir nicht sicher, ob irgendjemand in meiner Familie wusste, was für ein Auto Coy fuhr, also hatte ich Angst davor, gefunden zu werden, bevor ich Coy alles geben konnte. Das Geld und die Heiratslizenz waren im Moment die wichtigsten Dinge auf der Welt für uns – ich konnte Coy nicht im Stich lassen, indem ich zuließ, dass mein Vater sie in die Hände bekam.

Als ich Coys Stimme hörte, beruhigte ich mich sofort. „Ich bin in drei Tagen zurück, um es abzuholen. Stellen Sie sicher, dass alles für mich vorbereitet ist."

„Das werde ich, Sir. Es war schön, mit Ihnen Geschäfte zu machen", rief der Verkäufer.

Sobald Coy die Fahrertür öffnete, sah er mich und seine blauen Augen weiteten sich. „Hallo." Er stieg in den Truck, als würde er sich überhaupt keine Sorgen machen, warum ich mich auf dem Boden versteckte. „Was ist los?"

„Einer meiner neugierigen Brüder muss letzte Nacht in meiner Handtasche herumgeschnüffelt und das Geld gesehen haben, das du mir gegeben hast. Er hat es meinem Vater erzählt, der jetzt nach mir sucht."

„Und wer hat dir das gesagt?" Er startete den Truck und fuhr los.

„Eine meiner besten Freundinnen hat mich zufällig gesehen und mich gewarnt." Ich zog mein Portemonnaie aus meiner Handtasche und legte es auf den Sitz. „Hier, nimm das und verstecke es." Ich nahm auch die Heiratslizenz und legte sie auf den Sitz neben mein Portemonnaie. „Und das auch. Wenn er sie findet, wird er sie zerreißen und nur Gott weiß, was er dann mit mir macht."

„Das ist überhaupt nicht gut." Er beschleunigte, während er seine dunklen Augenbrauen zusammenzog. „Ich hasse das."

„Ich auch." Ich wusste allerdings nicht, was ich sonst tun sollte. „Was soll ich meinem Vater sagen, wenn er kein Geld findet?"

„Sag ihm, dass es kein echtes Geld war, sondern nur ein bisschen Spielgeld, das du im Dollar Store gekauft hast, um mit deinen Freunden Poker zu spielen. Und lass die Geschichte von deiner Freundin bestätigen. Sag ihr, sie soll sagen, dass ihr seit ein paar Wochen spielt und dass du es deshalb hattest."

Er parkte den Truck. „Ich werde jetzt in den Dollar Store gehen und dir etwas von diesem falschen Geld besorgen, damit die Geschichte echt klingt."

In diesem Moment hielt ich Coy für den klügsten Mann auf dem Planeten. „Ich liebe dich und dein erstaunliches Gehirn."

„Ich liebe dich auch und bald werden wir über all das lachen." Er verließ mich mit einem Grinsen und ich bekam das Gefühl, dass alles gut werden würde. Mit Coy an meiner Seite konnte nichts schiefgehen.

Während ich darauf wartete, dass er zurückkam, versuchte ich herauszufinden, wie ich meinem Vater etwas vorspielen könnte.

Eine halbe Stunde später hatte ich das Spielgeld in einem Portemonnaie verstaut, das Coy ebenfalls im Dollar Store besorgt hatte, und war zu Fuß auf dem Weg nach Hause. In diesem Moment hielt mein Vater neben mir und meine drei Brüder stiegen aus dem Auto und zerrten meine Handtasche von meiner Schulter. „Hey, was zum Teufel macht ihr da?", schrie ich, als hätte ich keine Ahnung.

Tony warf das Portemonnaie zu meinem Vater, der hinter dem Lenkrad saß. „Überprüfe es, Dad. Du wirst sehen. Ihr Portemonnaie ist voller Geld."

„Was?" Ich lachte, als ich den Kopf schüttelte. „Hast du meine Handtasche durchsucht?"

„Ja, und versuche nicht zu lügen, Lila!", schrie Tony mich an.

Mein Vater wühlte bereits in meiner Handtasche herum und hatte das falsche Geld in der Hand. „Was ist das für eine Scheiße?"

„Spielgeld, Dad", sagte ich. „Meine Freunde und ich haben damit Poker gespielt."

Mein Vater stopfte das Geld zurück in meine Handtasche und warf sie aus dem Beifahrerfenster. „Steigt wieder ins Auto, ihr Idioten."

„Bekomme ich keine Entschuldigung?", fragte ich, obwohl ich wusste, dass keiner von ihnen mich um Verzeihung bitten würde.

Sie rasten davon, während mein Vater fluchte. Ich musste lächeln.

Das hat perfekt funktioniert.

KAPITEL ELF

Fiona

14. November 1970 – Carthage, Texas – Örtliches Krankenhaus

Als ich meinen Sohn in meinen Armen hielt, wusste ich endlich, wie sich Liebe anfühlte. „Coy Marcus Gentry."

„Coy Collin Gentry", sagte mein Mann, als er sich neben mich auf das Krankenhausbett setzte.

Ich war mir nicht sicher, ob mein Sohn denselben Namen wie sein Vater haben sollte, auch wenn es nur ein zweiter Vorname war. Er hatte bereits das Pech, seinen Nachnamen zu haben. „Warum magst du Marcus nicht?"

„Warum magst du diesen Namen?" Er nahm ein Formular und einen Stift vom Tisch. „Wir müssen dieses Formular für die Geburtsurkunde ausfüllen. Ich werde unsere Namen als Eltern eintragen, während du darüber nachdenkst, was es für mich bedeutet, dass mein Sohn meinen Namen trägt."

„Das tut er schon. Er ist ein Gentry, weißt du?" Und das war schon eine Strafe für den armen Jungen.

Das Zusammenleben mit Collins Eltern hatte mir die Augen geöffnet. Er war eine Kopie seines Vaters. Und das

Schlimmste daran war, dass Collin sich nicht wie sein Vater verhielt, weil er zu ihm aufblickte. Er tat es, weil er Angst vor dem Mann hatte.

Ich hatte noch nie jemanden so mit anderen Menschen sprechen hören wie Collins Vater, wenn er enttäuscht war. Und ich wollte nicht, dass Collin unseren Sohn so behandelte.

Wir erfüllten bereits die Wünsche seines Vaters, indem wir unseren Sohn Coy nannten, was der zweite Vorname von Collins Vater war. Und jetzt wollte Collin, dass ich dem Kind noch einen Namen aufbürdete, der mit gefühllosen Mistkerlen in Verbindung stand. Ich war mir einfach nicht sicher, ob ich das meinem Sohn antun wollte.

„Es würde meinen Vater glücklich machen, weißt du." Und das war alles, was für ihn zählte.

Ich wollte nicht dafür verantwortlich sein, dass sein Vater ihn anbrüllte, wenn er ihn enttäuschte. „Also gut. Dann nennen wir ihn Coy Collin."

Er beeilte sich, es auf das Formular zu schreiben, bevor ich es mir anders überlegen konnte. „Gut."

„Der nächste Junge wird dann nach meinem Vater benannt." Ich musste zumindest ein wenig für mich einstehen. „Und ich darf alle Mädchennamen auswählen."

„Dann kann ich nach dem zweiten alle weiteren Jungennamen auswählen."

„Einverstanden." Ich sah auf das winzige Gesicht meines Sohnes hinunter und lächelte. „Er ist so süß."

„Aber ziemlich klein." Er legte seine riesige Hand auf den kleinen Kopf unseres Sohnes. „Siehst du. Er ist ein Zwerg."

Wut flammte in mir auf. „Er ist kein Zwerg. Sieben Pfund sind durchschnittlich. Hast du gedacht, er würde erwachsen geboren werden?"

„Nein." Er lachte, als er sich von mir zurückzog. „Ich dachte nur, da er *mein* Sohn ist, würde er größer sein." Er deutete auf seine große Statur. „Ich bin 1,90 Meter groß, weißt du? Und Mom sagte, ich hätte zehn Pfund gewogen, als ich geboren wurde."

„Nun, deine Mutter ist viel größer als ich. Ich bin froh, dass er nicht so viel gewogen hat. Ich kann mir nicht vorstellen, ein Baby dieser Größe zur Welt bringen zu müssen."

Achselzuckend sagte er: „Ja, es hätte wahrscheinlich eine zerbrechliche Frau wie dich zerrissen. Ich denke, es ist besser, dass er klein geraten ist."

„Er ist nicht klein. Er ist absolut durchschnittlich." Ich konnte nichts Falsches daran erkennen, durchschnittlich zu sein.

„Wie auch immer, jetzt, da du ihn hast, weißt du, dass es keine Rückkehr mehr für dich geben wird, oder?" Er hatte mich bedrängt, meinen Job als Lehrerin an der Grundschule zu kündigen, seit er herausgefunden hatte, dass ich schwanger war. Aber ich wollte die Kinder in meiner Klasse nicht im Stich lassen. Sie hätten den Rest des Jahres von einem Aushilfslehrer unterrichtet werden müssen.

Zum Glück hatte ich eine Referendarin ausgebildet, die für mich einspringen würde, sobald das Baby auf der Welt war. Sie war nett und die Kinder mochten sie. Und wenn ich mit dem Baby zu Hause bleiben wollte, wäre sie ein geeigneter Ersatz für mich. Aber ich war mir nicht sicher, ob ich das tun wollte.

„Das werden wir später sehen, wenn er etwas älter ist. Ich möchte momentan keine großen Entscheidungen treffen. Ich möchte nur meinen entzückenden kleinen Jungen anschauen und mich in ihn verlieben." Ich konnte nicht aufhören, meinen perfekten kleinen Engel zu bewundern.

Ich sah, wie mein Mann die Augen verdrehte, bevor er losging, um der Krankenschwester das Formular zu geben. Er hatte es verdammt eilig, das Ding loszuwerden. „Ich bin gleich wieder da. Möchtest du etwas? Eine Limonade oder so?"

„Nein danke." Ich war zufrieden mit meinem Baby in meinen Armen. „Momma liebt dich."

Das Baby schlang seine winzige Hand um meinen kleinen Finger und hielt ihn fest. Ich hatte das Gefühl, dass es seine Art war, mir zu sagen, dass er mich auch liebte. Ich war in meinem ganzen Leben noch nie so glücklich gewesen.

Plötzlich hörte ich ein Klopfen am Türrahmen und war erschrocken, als ich den Arzt sah, den ich vor all den Monaten aufgesucht hatte, als ich geglaubt hatte, ich könnte schwanger sein. „Hallo. Ich habe Ihren Namen an der Tür gesehen und dachte, ich könnte vorbeikommen und nachsehen, wie es Ihnen geht."

Ich konnte fühlen, wie meine Wangen rot wurden. Es war mir ein bisschen peinlich, dass ich einfach aufgehört hatte, zu ihm zu gehen. Aber Collin war so verärgert gewesen über das, was er getan hatte, dass ich ihn nicht noch mehr reizen wollte. „Oh, Doktor Nelson, danke, dass Sie vorbeischauen. Uns beiden geht es sehr gut."

Er trat an die Seite des Bettes und sah meinen Sohn an. „Er ist ein hübscher Junge, Fiona. Ich war gerade im Krankenhaus und habe nach einer Patientin gesehen, die gestern entbunden hat. Als ich Ihren Namen auf der Krankenkarte sah, musste ich Sie besuchen. Ich hoffe, das ist okay für Sie."

Ich musste ihm einen Grund nennen, warum ich aufgehört hatte, zu ihm zu gehen. „Es tut mir leid, dass ich die Praxis gewechselt habe. Ich habe mich stattdessen für eine Ärztin entschieden. Das verstehen Sie sicher."

„Natürlich. Viele junge Mütter entscheiden sich für eine Ärztin. Es ist eine schwere Zeit für sie und es hilft ihnen, sich besser zu fühlen. Ich verstehe das völlig. Aber denken Sie bei Ihrem nächsten Baby an mich. Ich bin mir sicher, dass Sie jetzt, da Sie alles einmal durchgemacht haben, mit den Dingen, die bei einer Schwangerschaft passieren, viel besser zurechtkommen."

„Ja, das tue ich. Ich werde mich an Sie erinnern, wenn wir unser nächstes Kind erwarten." Das war eine Lüge.

Collin würde nicht zulassen, dass ich ihn jemals wieder aufsuchte.

Er sah über seine Schulter und dann zurück zu mir. „Haben Sie und Ihr Mann das kleine Problem gelöst, das Sie hatten?"

„Ja." Das stimmte nicht, aber ich wollte ihm das nicht sagen. „Danke für Ihre Hilfe."

„Kein Problem." Er tätschelte meine Schulter. „Wissen Sie, früher kamen ständig Frauen mit einer sogenannten Hysterie zu Ärzten. Sie waren gereizt und aufbrausend zu ihren Ehemännern und Familien, und niemand konnte herausfinden, warum. Man sagt, dass ein Arzt damals anfing, intime Fragen zu stellen, und dabei herausfand, dass all diese Frauen, die wegen Hysterie behandelt wurden, eines gemeinsam hatten."

Ich spürte, wie sich meine Wangen erhitzten, als ich rot wurde. „Sie hatten keine Orgasmen."

„Ja. Daher begann dieser Arzt, die Klitoris derjenigen Patientinnen, bei denen Hysterie diagnostiziert worden war, manuell zu stimulieren. Am Ende suchten ihn so viele Patientinnen wegen seiner einzigartigen Behandlungsmethode auf, dass er eine Vibrationsmaschine baute, um ihm die Arbeit zu erleichtern und seine Finger zu schonen. Außerdem beschleunigte sie den Höhepunkt und ermöglichte ihm, mehr Patientinnen zu behandeln."

„Und ich wette, er hat seine Maschinen an seine Patientinnen verkauft, damit sie sich zu Hause um sich selbst kümmern konnten."

„Das hat er getan und jetzt ist die Welt ein viel besserer Ort." Er lachte und blickte zur Seite, als die große Gestalt meines Mannes die Tür füllte. „Und das muss Mr. Gentry sein." Er ging mit ausgestreckter Hand auf ihn zu. „Hallo, ich bin Doktor Nelson."

Als Collin dem Mann die Hand schüttelte, wanderten seine Augen zu mir. „Ist das so?"

„Er hat meinen Namen auf der Krankenkarte entdeckt und ist vorbeigekommen, um zu sehen, wie es dem Baby und mir geht." Mein Herzschlag beschleunigte sich, weil ich wusste, dass Collin eins und eins zusammengezählt hatte.

„Also waren Sie damals der erste Arzt meiner Frau", sagte Collin. „Derjenige, der ihr als Erster sagte, dass sie Mutter werden würde."

Ich betete, dass mein Mann die Kontrolle über seine Eifersucht und sein Temperament behalten würde. „Liebling, hast du mir die Limonade geholt, um die ich dich gebeten habe?" Ich wusste, dass ich sein Angebot abgelehnt hatte, aber ich musste etwas tun, um die beiden zu trennen.

„Du hast gesagt, du wolltest keine." Er sah mich mit gerunzelter Stirn an.

„Du musst mich missverstanden haben, Liebling. Ich hätte wirklich gerne eine. Ich bin so durstig und ich habe es satt, Wasser zu trinken."

„Ich kann Ihnen eine besorgen, wenn Sie möchten", bot der Arzt an. „Das ist überhaupt kein Problem."

„Ich hole sie." Collin trat zurück und der Arzt konnte endlich aus der Tür gehen. „Wir sehen uns, Doc. Ich bin gleich mit der Limonade zurück, Fiona."

„Bye", sagte der Arzt, als er uns verließ.

Ich seufzte erleichtert, als beide weggingen. „Was für ein Fiasko das fast war, mein Sohn. Was für ein Fiasko."

Später in dieser Nacht, nachdem Collin nach Hause gegangen war, um zu schlafen, kam eine Frau mit einer Schürze mit roten Streifen in mein Zimmer. Sie schob einen Wagen mit Zeitschriften zu mir. „Hallo, ich arbeite als Freiwillige hier. Möchten Sie etwas lesen?" Ihr langes dunkles Haar war zu einem Pferdeschwanz zurückgebunden und ihre karamellfarbenen Lippen umspielte ein Lächeln.

Das Baby lag schlafend in seinem winzigen Stubenwagen, da die Krankenschwester noch nicht zurückgekommen war, nachdem ich es gefüttert hatte. Die junge Frau schob ihren Wagen neben mich und beugte sich über meinen Sohn.

„Er ist ein süßer Kerl, nicht wahr?" Ich nahm ein paar Zeitschriften in die Hand und entschied mich für Unterhaltung statt Bildung.

„Ja, das ist er." Sie strich mit der Hand über den Kopf meines schlafenden Sohnes. „Er ist bezaubernd."

„Er ist unser erstes Kind. Sind Sie verheiratet?" Ich schlug die neueste Ausgabe von *Reader's Digest* auf.

„Nein." Sie seufzte tief, als sie meinen Sohn betrachtete. „Und ich habe keine eigenen Babys." Sie sah mich aus dem Augenwinkel an. „Sie haben gesagt, dass es Ihr erstes Kind ist. Heißt das, Sie wollen noch mehr?"

„Oh ja. Mein Mann und ich wollen so viele Kinder, wie Gott uns schenkt." Als ich meine Position änderte, wurde ich wieder auf das Unbehagen aufmerksam, kürzlich ein Baby bekommen zu haben. „Aber ich denke, ich werde ein Jahr oder so warten, bevor ich versuche, wieder schwanger zu werden. Eine Geburt ist nicht leicht. Ich glaube, ich brauche Zeit, um den Schmerz zu vergessen, bevor ich wieder schwanger werde."

„Und Ihr Ehemann ist damit einverstanden?" Sie drehte sich zu mir um und legte ihre Hände auf ihren Wagen.

„Das ist *mein* Körper. Ich treffe die Entscheidung, wann ich schwanger werde." Ich hielt die drei Zeitschriften hoch, die ich ausgesucht hatte. „Danke dafür. Ich bin mir sicher, dass ich jetzt gut unterhalten werde."

Bei dem Geräusch von Stimmen, die den Flur herunterkamen, wandte sie den Kopf zur Tür. „Ich sollte weitergehen. Es gibt noch mehr Mütter, die etwas zum Lesen brauchen."

Ich schaute auf ihre Schürze und sah kein Namensschild. Die anderen Freiwilligen, die ich im Krankenhaus gesehen hatte, hatten alle Namensschilder getragen. „Ich glaube, Sie haben Ihr Namensschild verloren, Miss."

Ihre Mundwinkel sanken nach unten. „Oh ja. Nun, dann gehe ich besser zurück, um nachzusehen, wo ich es verloren habe. Herzlichen Glückwunsch zu Ihrem Baby. Der Kleine ist ein prächtiger Junge."

„Danke. Wissen Sie, Sie scheinen ungefähr in meinem Alter zu sein. Mein Mann und ich sind gleich alt. Sind Sie aus Carthage?"

Sie nickte. „Ich bin hier geboren und aufgewachsen."

„Sie sind höchstwahrscheinlich mit meinem Mann Collin Gentry zur Schule gegangen." Ich sah, wie sie ihren Kopf senkte und den Blick auf den Boden richtete.

„Ja, wir sind zusammen zur Schule gegangen. Er und sein Vater haben von Zeit zu Zeit einige meiner Brüder beschäftigt. Ich habe sogar kurze Zeit als Dienstmädchen auf der Ranch gearbeitet." Sie schob den Wagen zur Tür und zögerte einen Moment.

Ich nutzte die Gelegenheit, um zu sagen: „Verraten Sie mir Ihren Namen und ich werde meinem Mann sagen, dass ich Sie getroffen habe. Er wird sich bestimmt darüber freuen."

„Oh, tut mir leid, ich muss gehen." Und damit verschwand sie.

Ich konnte das Quietschen der Räder des Wagens hören, die schnell über den langen Flur rollten. Es klang, als würde sie sich beeilen und an allen anderen Räumen vorbeilaufen, anstatt anzuhalten, wie sie es angekündigt hatte.

Etwas an ihr war seltsam gewesen. Ich konnte es nicht genau sagen, aber irgendetwas störte mich an der jungen Frau.

Andererseits war es ihr vielleicht nur peinlich gewesen, mir zu sagen, dass sie als Dienstmädchen auf der Ranch gewesen war, auf der ich jetzt lebte. Die Großgrundbesitzer sprachen nur selten mit den ärmeren Einwohnern der Kleinstadt. Nicht, dass ich so gewesen wäre. Ich redete mit jedem und versuchte, mich mit allen anzufreunden.

Collin, seine Mutter und sein Vater waren aber nicht wie ich. Sie ließen sich nur mit Menschen ein, von denen sie glaubten, dass sie auf ihrer gesellschaftlichen Stufe waren, was ich arrogant fand. Die junge Frau musste sich dafür geschämt haben, dass sie mir von ihrer Vergangenheit als Dienstmädchen erzählt hatte.

Armes Mädchen.

KAPITEL ZWÖLF

Collin

An dem Tag, als mein Sohn sechs Wochen alt wurde, machte ich meinen letzten Besuch bei Hilda. Nur hatte sie keine Ahnung, dass wir uns zum letzten Mal sehen würden.

Als ich in die Einfahrt einbog, kam sie zur Tür und öffnete sie, um mich willkommen zu heißen. „Lange nicht gesehen, Fremder."

Es war ein paar Monate her, dass ich zu ihr gekommen war. Vater zu werden hatte mich hart getroffen, noch bevor mein Sohn geboren worden war. Ich trug jetzt, da ich Vater war, eine enorme Verantwortung. Und ich konnte das Schicksal nicht länger herausfordern, indem ich mit Hilda herummachte.

Es war an der Zeit, sie gehen zu lassen.

Der Großteil meines Herzens lag jetzt in den winzigen Händen meines Sohnes. Aber es gab noch ein kleines Stück, das nur Hilda gehörte. Also tat es mir weh, was ich ihr zu sagen hatte.

Als ich das Haus zum allerletzten Mal betrat, sah ich mich um. Sie hatte es immer sehr sauber und ordentlich gehalten, sodass kein Staub zu finden war. „Ich bin froh, dass du dich trotz meiner Abwesenheit gut um dein Zuhause gekümmert hast."

„Ich wusste nie, ob du auftauchen würdest oder nicht." Sie schloss die Tür und ging in Richtung Küche. „Möchtest du ein Glas Eistee? Ich bin es nicht gewohnt, dich bei Tageslicht zu sehen. Ich bin mir nicht sicher, wie ich mich verhalten soll."

Ihr einzigartiger Duft erreichte mich und ich atmete tief ein und versuchte, einen Teil von ihr für immer bei mir zu behalten. „Ich möchte nichts trinken. Das wird nicht der angenehmste Besuch sein, Hilda."

Sie kam zurück ins Wohnzimmer und setzte sich mit grimmigem Gesicht. „Du hast herausgefunden, was ich getan habe, oder?"

Ich hatte keine Ahnung, wovon sie sprach, tat aber so. Wenn sie etwas getan hatte, das mich in Schwierigkeiten bringen könnte, musste ich es wissen. „Ich möchte, dass *du* vor mir zugibst, was du getan hast."

„Es ist wahr. Ich war im Krankenhaus, nachdem dein Sohn geboren worden war. Ich habe ihn gesehen – und ich habe sie gesehen." Sie verschränkte die Hände in ihrem Schoß und schien sich für meinen Zorn zu stählen.

Sie war bei Coy und Fiona?

„Erzähle mir, was du gesagt hast." Ich hielt mein Kinn hoch und tat so, als wüsste ich schon alles – was nicht der Fall war.

„Ich habe ihr meinen Namen nicht gesagt. Aber ich habe ihr gesagt, dass ich für kurze Zeit als Dienstmädchen auf der Ranch gearbeitet habe und dass ich mit dir zur Schule gegangen bin. Mehr nicht." Ihre Augen waren auf den Boden gerichtet, als sie darauf wartete, dass ich sie bestrafte.

Aber es würde keine Strafe geben. „Es klingt, als wäre kein Schaden angerichtet worden." Fiona hatte mir kein Wort über ihre Begegnung gesagt, also wusste ich, dass es keinen Grund zur Sorge gab. „Danke, dass du ehrlich zu mir bist."

Ihre großen Augen trafen meine und sahen völlig verwirrt aus. „Ich dachte, deshalb wärst du nicht mehr zu mir gekommen. Ich meine, nicht in den Monaten vor seiner Geburt, sondern danach. Ich dachte, du wärst so wütend auf mich, dass du dich zu meinem Schutz ferngehalten hast."

„Nein, deshalb bin ich nicht weggeblieben." Ich hielt weiterhin Abstand zu ihr und ging auf der anderen Seite des Wohnzimmers auf und ab. Ich war so weit weg von ihr, wie ich konnte, ohne den Raum zu verlassen.

„Warum dann?" Sie konnte ihre Augen nicht von mir abwenden. Augen, die voller Sorge waren. „Du machst mich nervös, Collin."

Ich sah sie an und straffte meine Schultern. „Vater zu werden hat mich auf eine Weise verändert, die ich nicht erwartet hatte. Nun, das ist nicht ganz richtig. Ich hatte das Gefühl, dass ich anfangen würde, mein Leben anders zu betrachten. Ich habe jetzt noch mehr zu verlieren."

„In all den Jahren hat niemand von uns erfahren und jetzt machst du dir Sorgen?" Sie stand auf, blieb aber von mir weg. „Warum jetzt? Und was würde jemand deiner Meinung nach tun, wenn er von uns erfahren würde? Dir deinen Sohn wegnehmen? Wohl kaum."

„Mein Vater kann mich immer noch enterben, Hilda. Und er kann mich rauswerfen, aber meine Frau und meinen Sohn auf der Ranch bleiben lassen. Glaube mir, ich habe das gut durchdacht. Ich will dich nicht verlieren, aber ich habe wirklich keine Wahl. Es ist mein Sohn, von dem ich hier spreche. Mein Fleisch und Blut."

„Das kannst du mir nicht antun. Du hast mir alles weggenommen – mein einziger Trost war, dich zu haben. Und das nicht einmal die ganze Zeit oder allein für mich."

„Wir haben darüber gesprochen, dass ich eines Tages jemand anderen heiraten müsste und dass ich auch eine Familie haben würde. Von mir wird erwartet, dass ich mehr Erben für die Ranch zeuge, und das weißt du auch." Ich konnte nicht glauben, wie sie das einfach so ignorieren konnte.

„Du redest, als wärt ihr eine Art königliche Familie oder so. Ihr seid nur Viehzüchter, Collin. Wen zum Teufel interessiert es, wer die verdammte Ranch hat, nachdem du und dein Vater tot sind?" Sie warf ihre Hände in die Luft. „Ich kann nicht glauben, dass du mir das für dieses gottverlassene Stück Land antust."

„Hier geht es um meinen Sohn, nicht um die Ranch." Ich hatte nicht erwartet, dass sie so reagieren würde. Ich hatte Weinen und Flehen erwartet. Aber Streit war nichts, was ich jemals von Hilda erwartet hatte. Solange ich sie kannte, hatte sie mich angebetet.

So berauschend das auch gewesen war – ich musste beenden, was wir hatten. Aber ich konnte sie nicht glauben lassen, dass sie nun ganz alleine war, und ich würde sie nicht einfach im Stich lassen, nachdem ich sie in den letzten Jahren finanziell unterstützt hatte. „Hilda, ich habe dir ein Haus in Shreveport in Louisiana gekauft."

Sie ließ sich auf die Couch fallen. Ich hatte sie noch nie so gesehen. Sie wirkte aufgebracht und ausnahmsweise schien sie nicht einmal daran zu denken, mich zu erfreuen. „Du musst mir erklären, was zum Teufel das alles soll. Ich versuche verzweifelt zu verstehen, warum du mir ein Haus in Shreveport kaufen würdest, wenn meine Familie hier in Carthage ist. Soll ich ganz allein leben? Und wofür? Damit du deine Familie haben und vergessen kannst, dass ich jemals existiert habe?" Bei ihr klang es egoistisch.

Ich musste das für meinen Sohn tun. „Glaubst du, dass ich nicht leide? Dass es mich nicht umbringt? Denn das tut es. Ich … ich …" Ich hatte die Worte nie zu ihr gesagt. Aber sie musste wissen, wie ich empfand. „Ich liebe dich, Hilda Stevens. Aber ich liebe auch meinen Sohn. Und ich hasse es, dir das zu sagen, aber ich liebe ihn mehr als mich selbst. Ich muss das Richtige für ihn tun."

„Du solltest verstehen, dass ich dir aus meinen eigenen Gründen gehorcht habe. Gründe, die du niemals verstehen könntest und die ich dir niemals erklären werde. Ich weiß, dass du mich nie geliebt hast. Ich habe dich auch nie geliebt. Wir haben einander gebraucht. Wir haben uns gegenseitig benutzt. Das ist alles." Sie nickte. „Was ich nicht verstehe, ist, warum ich die Stadt verlassen und in einen anderen Bundesstaat ziehen soll." Ihre Hände bedeckten ihr Gesicht, als sie anfing leise zu weinen. „Ich will dich nicht verlieren. Ich will uns nicht verlieren. Ich kann die Dinge, die ich mit dir mache, mit keinem anderen machen."

Mein Herz schmerzte und meine Arme sehnten sich danach, sie zu halten. Aber es würde nur das erschweren, was ich tun musste. „Hilda, ich habe dir ein neues Haus gekauft. Und ich bin schon dort gewesen und habe ein Bankkonto eröffnet. Die Schecks werden dir an deine neue Adresse zugesandt. Das Konto läuft auf deinen Namen. Aber ich werde wöchentlich Einzahlungen in derselben Höhe vornehmen wie jetzt."

„Also war es das." Sie zog ihre Hände von ihrem Gesicht, das rot und tränenbefleckt war. „Du wirst dich um mich kümmern, bis du stirbst, und *ich* werde alleine sterben."

Ich wollte nicht an den Tod denken. „Ich weiß nicht, was die Zukunft bringt, und du auch nicht. Lass uns nicht so weit im Voraus denken."

„Du und deine *Frau*", sagte sie, als hätte das Wort Dornen, die ihr beim Sprechen in die Zunge stachen, „werdet laut ihr viele Kinder haben. Und deine Kinder werden dich von mir fernhalten. *Immer!*"

Was hätte ich darauf antworten sollen? Sie hatte nicht unrecht. Nicht, dass ich ihr das sagen könnte. „Hör zu, wir wissen nicht, was die Zukunft bringt. Mein Vater wird nicht ewig leben."

„Und nachdem er gestorben ist, wirst du deine Mutter glücklich machen müssen. Und nachdem sie gestorben ist, musst du deine Frau glücklich machen. Es wird niemals enden. Wir werden niemals zusammen sein. Niemals! Du bist ein Feigling, Collin Gentry. Ein Feigling und ein Lügner."

Ich war fassungslos angesichts ihrer Wut. „Hilda, bitte versuche, mich zu verstehen. Ich werde dich finanziell unterstützen, egal was passiert." Ich hatte diesen Ausdruck noch nie auf ihrem Gesicht gesehen und er ließ Unbehagen in mir aufsteigen.

„Ich kümmere mich nicht um ein Haus oder Geld, wenn es bedeutet, dass wir niemals zusammen sein können. Der Tod wäre besser, als dich nicht mehr zu haben." Ihre Brust hob und senkte sich, als sie mehrere tiefe Atemzüge machte.

„Pass auf, was du sagst." Ich würde nicht zulassen, dass sie mich mit Selbstmorddrohungen erpresste. „Du wirst das Haus nehmen, das ich für dich gekauft habe. Dieses hier wurde bereits verkauft. Du ziehst heute noch aus. Ich habe ein Umzugsunternehmen damit beauftragt, deine Sachen zu packen und an deine neue Adresse zu bringen. Du musst in dein Auto steigen und den Trucks folgen." Ich griff in meine Tasche, holte die Hausschlüssel heraus und warf sie auf den Couchtisch. „Das sind die Schlüssel zu deinem neuen Zuhause. Es ist viel schöner als dieses hier. Also, was sagst du?"

„Erwartest du, dass ich mich bei dir bedanke?" Ihr Körper zitterte, als wäre sie geschockt. „Erwartest du, dass ich einfach mache, was du sagst?"

„Ja." Ich hatte es ihr so leicht gemacht, seit ich vom College zurückgekommen war. „Ich habe dir ein eigenes Zuhause und das neue Auto gegeben, das in der Garage geparkt ist. Ich habe dir Tausende und Abertausende von Dollar gegeben und ich bezahle all deine Rechnungen. Ich erwarte, dass du tust, was ich sage."

„Und wenn ich es nicht tue, wirst du mich dann nicht mehr finanziell unterstützen?" Sie stand auf und drehte mir den Rücken zu, als könnte sie es nicht mehr ertragen, mich anzusehen.

„Nein." Ich hätte keine andere Wahl, wenn sie mein großzügiges Angebot ablehnen würde. „Zwinge mich nicht dazu, es zu tun. Nimm einfach das neue Haus und das Geld. Wir werden sehen, was die Zukunft bringt."

„Ich weiß, was sie bringen wird." Sie drehte sich zu mir um und Tränen liefen über ihre geröteten Wangen. „Du wirst ein glückliches Leben mit deinen Kindern und deiner Frau führen, und ich werde ein einsames Leben mit niemandem führen."

„Du hast meine Erlaubnis …" Ich musste innehalten und schlucken, als sich ein Knoten in meinem Hals bildete. Bei der Vorstellung, dass Hilda mit einem anderen Mann zusammen war, wurde mir schlecht. Aber ich musste aufhören, so gottverdammt egoistisch zu sein. „Es tut mir leid. Wie du siehst, ist das für mich nicht einfach, Hilda. Du hast meine Erlaubnis, einen anderen Mann zu finden."

„Wie *heldenhaft* von dir, Collin." Ihre Stimme triefte vor Sarkasmus bei diesen Worten, die sie nicht im Geringsten ernst meinte. „Ich hoffe, du bekommst das Leben und die Familie, die du verdienst. Du musst nicht länger an mich denken, da ich für dich und deine Familie nichts anderes als ein Tabu bin."

Ihre Worte taten weh, aber mit ihnen kam auch ein bisschen Erleichterung – und ein bisschen Hoffnung. Ich hoffte, dass ich diese dunkle Besessenheit, die ich mit ihr geteilt hatte, endlich ablegen konnte. Dass ich meinen dunklen Begierden widerstehen konnte – solange sie weit von mir entfernt war.

KAPITEL DREIZEHN

Fiona

1976 – Dallas, Texas – Jungeninternat

Es wirkte wie eine Strafe auf mich. Seit wir mit Coys
Geburt gesegnet gewesen waren, hatten wir kein weiteres Kind
mehr gehabt. Und Collin gab mir die Schuld daran. Jetzt
schickte er unser einziges Kind – den sechsjährigen Coy – ins
Internat. Selbst wenn er es nicht zugeben würde, wusste ich,
dass er es tat, um mich für das zu bestrafen, was er für mein
Versagen hielt.

Coy saß auf dem Rücksitz unseres Autos und riss die
Augen auf, als er aus dem Fenster auf die hohen Gebäude in
der Innenstadt von Dallas starrte. „Das ist überhaupt nicht wie
zu Hause, Daddy."

„Es ist trotzdem ein guter Ort, mein Sohn. Dir wird es hier
gut gefallen. Und du wirst viele Jungen in deinem Alter haben,
mit denen du spielen kannst. Zu Hause hast du niemanden
zum Spielen", Collin sah mich an, „weil du keine Brüder oder
Schwestern hast."

„Er hat letztes Jahr im Kindergarten Freunde gefunden",

sagte ich. „Und er würde dieses Jahr mit den meisten in einer Klasse sein. Das ist nicht nötig, Collin."

„Ich möchte, dass mein Sohn eine gute Ausbildung erhält, und die öffentlichen Schulen in Carthage leisten das einfach nicht." Das war nur einer der vielen guten Gründe – zumindest behauptete er das –, warum unser Sohn sein Zuhause verlassen musste. Und Collin hatte den Rückhalt seines Vaters, also schien seine Entscheidung in Stein gemeißelt zu sein. „Ich bin als Einzelkind aufgewachsen, Fiona. Es war eine einsame Existenz und das will ich nicht für Coy."

„Du scheinst zu vergessen, dass ich auch ein Einzelkind bin, Collin. Ich hatte viele Freunde und war vollkommen glücklich. Coy ist mir sehr ähnlich. Er findet leicht Freunde."

Collin fand nicht leicht Freunde, also hatte er keine. Aber Coy war nicht wie sein Vater. Er war mir viel ähnlicher. Leider wollte mein Mann das bei unserem Sohn nicht sehen.

„Ich habe dir gesagt, dass du nicht vor ihm über dieses Thema sprechen sollst", knurrte er mich an.

„Daddy, ich möchte mein Zuhause nicht verlassen, um zur Schule zu gehen. Ich kann mit meinen Freunden aus dem Kindergarten spielen. Ich werde euch alle so sehr vermissen. Bitte schickt mich nicht weg", flehte Coy.

Collin starrte mich an, als wäre das alles meine Schuld. „Siehst du, was du angerichtet hast? Bringe es in Ordnung, Fiona. Los!"

Ich wusste, dass mein Mann nicht nachgeben würde. Ich versuchte mein Bestes, meine Augen nicht zu verdrehen, und wandte mich auf meinem Sitz um, um Coy anzusehen. „Weißt du, vielleicht hat Daddy recht. Vielleicht ist das eine gute Sache für dich. Es ist, als hättest du viele Brüder. Das wird schön. Denkst du nicht?"

Er schüttelte den Kopf, während seine Unterlippe zitterte. „Nein."

Collin hatte gesagt, wir würden Coy für die Ferien abholen, aber als ich das traurige Gesicht meines süßen Jungen betrachtete, traf ich in letzter Sekunde eine Entscheidung. „Ich sage dir etwas, Coy. Wir holen dich jeden Freitag nach Schulschluss ab und du kannst bis Sonntagabend bei uns zu Hause bleiben. Wir müssen dich Sonntagabend zurückbringen, aber zumindest siehst du uns jede Woche. Das sind drei von sieben Tagen, an denen du bei uns sein wirst."

„Das war nie so vereinbart", grummelte Collin. „Ich bin mir nicht einmal sicher, ob ich das tun kann."

„Ich kann ihn abholen und zurückbringen, wenn du zu beschäftigt bist. Ich kann Auto fahren, weißt du? Ich habe meinen eigenen Wagen." Ich unterrichtete seit letztem Jahr, als Coy im Kindergarten gewesen war, wieder an der Grundschule. Und ich würde auch in diesem Schuljahr arbeiten. Ich müsste ihn nicht einmal um Geld bitten, um unseren Sohn zu holen. „Es ist kein Problem für mich. Ich möchte ihn jede Woche sehen."

„Das will ich auch, Daddy. Bitte lass sie", wimmerte Coy.

Ich wollte diese Entscheidung nicht Collin überlassen. Ich hatte sie bereits getroffen. „Ich werde dich freitags abholen, mein Sohn. Du wirst Freitagabend, den ganzen Samstag und den Großteil des Sonntags bei uns verbringen. Und dann gibt es noch all die Feiertage, an denen du nach Hause kommen kannst. Es wird nicht so schlimm sein, du wirst sehen."

Collin gefiel es nicht, wenn ich Entscheidungen traf. Es gefiel ihm nicht, dass ich mich entschieden hatte, wieder zu arbeiten. Es gefiel ihm nicht, wenn ich unabhängig war. Aber ich war es trotzdem. Collin musste lernen, dass er nicht über mich bestimmen konnte. Und er musste lernen, dass er auch nicht vollständig über unseren Sohn bestimmen konnte.

Ich sah, wie seine Knöchel weiß wurden, als er das Lenkrad umklammerte und versuchte, mich vor unserem Sohn nicht anzubrüllen. „Also gut, Fiona. Wie du willst."

Ich lächelte Coy an und war glücklich, als er ebenfalls lächelte. „Danke, Momma. Jetzt fühle ich mich besser."

Es war nicht alles, was ich wollte – was ich am meisten

wollte, war Coy zu Hause bei uns zu lassen. Aber zumindest würde ich ihn öfter dort haben, als ich gedacht hatte.

Als wir im Internat ankamen, hatte ich das Gefühl, die Fassung zu verlieren. Da ich wusste, dass ich das vor Coy nicht tun konnte, riss ich mich zusammen, als wir auf dem Parkplatz des weitläufigen Gebäudes aus dem Auto stiegen.

„Dieser Ort ist riesig. So viel größer als auf den Fotos in der Broschüre." Ich nahm Coys kleine Hand in meine. „Aber es sieht wirklich gut aus. Nicht wahr, mein Sohn?"

„Es ist wirklich groß, Momma. Was ist, wenn ich mich verlaufe?"

Collin kam auf die andere Seite von Coy. „Du wirst dich nicht verlaufen. Es werden viele andere Jungen um dich herum sein und es gibt auch Lehrer hier. Da gibt es nichts, worüber man sich Sorgen machen müsste."

Coy sah zu seinem Vater auf. „Warum bist du nicht auf so eine Schule gegangen, Daddy?"

„Ich wünschte, ich hätte es getan, Coy. Aber meine Eltern wussten damals nicht, dass es so etwas gibt. Ich denke, du hast großes Glück, einen Vater zu haben, der diesen Ort für dich gefunden hat." Collin warf mir einen Blick zu, der mir sagte, dass er in dieser Sache nicht der Böse sein würde. „Ich mache das für dich, weil ich dich liebe, mein Sohn. Ich will nur das Beste für dich."

Er konnte behaupten, was er wollte. Ich wusste es besser, obwohl er es nie zugeben würde. Egal wie oft ich ihn gefragt hatte, ob er wütend auf mich war, weil ich nicht mehr Kinder bekommen konnte – er sagte mir immer, dass es kein Problem war.

Collin sagte die richtigen Dinge. Er sagte mir, dass er nicht dachte, dass es meine Schuld war. Aber er sagte auch nicht, dass es seine Schuld sein könnte.

Dass wir nur ein Kind hatten, war ein Thema, über das er nicht gerne sprach. Für ihn war es nun einmal so und niemand konnte etwas dagegen tun. Aber ich ertappte ihn manchmal dabei, wie er mich angeekelt anstarrte, und wusste, warum das so war – auch wenn er es nicht zugeben würde.

Collins Mutter und Vater hatten ebenfalls nur ein Kind gehabt. Es war nicht geplant gewesen, sondern einfach so gekommen. Ich vermutete, dass sowohl bei meinem Mann als auch seinem Vater eine geringe Spermienzahl schuld daran war.

Ich war auch ein Einzelkind, aber meine Eltern hatten sich das so ausgesucht. Meine Mutter hatte Bluthochdruck und als sie mit mir schwanger war, hätte es sie fast umgebracht. Also hatte der Arzt meine Mutter nach der Geburt sterilisiert, um weitere Schwangerschaften zu verhindern.

Genau wie sein Vater wollte Collin nie die Schuld für irgendetwas auf sich nehmen. Wenn eine Frau beschuldigt werden konnte, dann taten sie es. Ich hatte gesehen, wie Collins Vater seine Frau für Dinge anbrüllte, die sie gar nicht getan hatte.

Collin versuchte, das mit mir zu machen, aber ich würde die Schuld nicht einfach auf mich nehmen, wie seine Mutter es tat. Ich war nicht so willensschwach wie sie. Es war offensichtlich, dass Collin nicht gedacht hatte, dass ich willensstark sein würde, als er mich gebeten hatte, ihn zu heiraten. Er murmelte oft leise, dass er mich zu früh geheiratet hatte – dass er keine Chance gehabt hatte, mein wahres Ich kennenzulernen.

Aber wenn ich ihn fragte, was er gesagt hatte, antwortete er: „Nichts." Und damit war das Thema für ihn erledigt.

Ich wusste, was ich gehört hatte. Und ich wusste, dass er unseren Sohn nur wegschickte, um mir wehzutun.

Aber das würde ich nicht zulassen. So sehr er es auch versuchen mochte, Collin Gentry würde niemals meinen Willen brechen.

KAPITEL VIERZEHN

Collin

Mai 1988 – Carthage, Texas

Ich stand mitten auf der Tanzfläche des American Legion
in Carthage und gratulierte mir heimlich. Ich hatte mich
wirklich selbst übertroffen. Es war kein leichtes Unterfangen
gewesen, ganz allein eine Party zu Coys Schulabschluss zu
organisieren.

Fiona hatte nicht helfen können, da sie einige Wochen vor
dem großen Ereignis bei einem Autounfall verletzt worden war.
Jetzt saß sie im Rollstuhl. Sie hatte sich beide Beine gebrochen
und hatte Frakturen in ihren unteren Wirbeln. Der Unfall hatte
seinen Tribut an ihrem Körper gefordert, den ich sowieso
immer für zerbrechlich gehalten hatte. Die Ärzte sagten, dass
sie sich vollständig erholen würde, aber es könnte ein Jahr oder
länger dauern.

Ohne Fionas Hilfe musste ich mich um alles kümmern –
Dekorationen, Erfrischungen, Gästeliste. Ich hatte auch die
gesamte Abschlussklasse der örtlichen Highschool eingeladen.
Auf diese Weise konnte Coy wieder mit den Leuten in Kontakt
kommen, mit denen er in den Kindergarten gegangen war.

Jetzt, da er wieder auf der Ranch leben und für mich arbeiten würde, bis es Zeit für ihn war, im Herbst aufs College zu gehen, wollte ich, dass er sich in Carthage zu Hause fühlte.

Coy hatte keinen seiner alten Freunde getroffen, wenn er zu Besuch nach Hause kam. Seine Mutter hatte seine Zeit zu sehr beansprucht, als dass er sie mit jemandem außerhalb unserer kleinen Familie verbringen könnte. Aber das würde jetzt enden. Ich würde sie dazu bringen, ihn in Ruhe zu lassen, und ihn zu dem Mann werden lassen, der er jetzt mit achtzehn Jahren war.

Es würde nicht schwer sein, da sie nicht bei bester Gesundheit war. Ihr starker Wille hatte sehr unter den Verletzungen gelitten. Sie war nicht in der Lage, sich selbst zu versorgen, und sie konnte nicht arbeiten und würde es erst wieder im nächsten Jahr können. Und das nur, wenn alles gut verheilte.

Ich hatte eine Krankenschwester eingestellt, die sich um Fiona kümmerte. Ihr mangelte es an nichts. Nicht, dass es sie glücklich gemacht hätte. Sie hasste es, so abhängig von anderen zu sein. Sie war nur noch selten glücklich.

Die Party würde bald beginnen und ich drehte mich um, um zu sehen, wer hereinkam, als sich die Türen öffneten. Meine Eltern erschienen, gefolgt von meiner Frau und meinem Sohn. Coy schob den Rollstuhl seiner Mutter und beide lächelten, als sie sahen, was ich vorbereitet hatte.

Ich öffnete meine Arme, um auf die Dekorationen zu zeigen. „Gefällt dir, was dein Dad für dich getan hat, mein Sohn?"

Er sah sich überall um. „Dad, das ist fantastisch."

Fiona konnte nicht aufhören zu lächeln. „Collin, ich kann nicht glauben, dass du das alles alleine gemacht hast."

„Ich bin ein fähiger Mann." Ich ging zu dem Tisch mit den Erfrischungen, füllte einen kleinen Becher mit Fruchtpunsch und brachte ihn meiner Frau. „Probiere das."

„Ist darin Alkohol?", fragte sie mit misstrauischen Augen.

„Weil ich gerade Schmerzmittel genommen habe. Wenn ich Alkohol damit mische, könnte ich sterben."

Mein Vater tätschelte ihre Schulter. „Fiona, er würde keinen Alkohol in etwas geben, das für Minderjährige gedacht ist."

Sie sah mich zweifelnd an. Ich lachte. „Fiona, im Ernst, denkst du, ich möchte mich um einen Haufen betrunkener Teenager kümmern?"

Mit einem Nicken probierte sie einen Schluck. „Damit würdest du dich bestimmt nicht befassen wollen."

Coy sah sich um und Aufregung funkelte in seinen blauen Augen. Er hatte meine dunklen Haare, meine Größe und meinen muskulösen Körperbau geerbt, aber er hatte die blauen Augen seiner Mutter. Ich war mir sicher, dass er sich vor Verehrerinnen nicht hätte retten können, wenn er mit Mädchen auf eine Highschool gegangen wäre, anstatt auf das Jungeninternat, auf das wir ihn geschickt hatten.

Auf der Bühne standen die Instrumente der Band, die bald auftreten würden. „Hast du eine Live-Band engagiert?", fragte er.

„Ja." Das strahlende Lächeln auf seinem Gesicht machte mich stolz.

„Wow, Dad!" Er sprang hoch und schlug die Absätze seiner Cowboystiefel zusammen. „Yippie! Eine echte Band!"

Wenig später kam die Band und immer mehr Leute tauchten auf. Da ich mich nie viel für die Gemeinschaft engagiert hatte, war ich mir nicht sicher, wie gut die Party besucht sein würde. Aber die Live-Band und das kostenlose Essen und Trinken zogen die Leute in Scharen an.

Bevor wir uns versahen, war die Tanzfläche voll und alle lachten und hatten Spaß. Coy hatte keine Probleme, seine alten Freunde zu finden. Viele derjenigen, mit denen er in den Kindergarten gegangen war, erkannten ihn sofort.

Ich saß mit meiner Frau und meinen Eltern am Familientisch und sah zu, wie Coy die beste Zeit seines Lebens hatte. Ich beugte mich zu meiner Frau. „Es geht ihm großartig, oder?"

„Ja", stimmte sie mir zu. „Ich denke, ins Internat zu gehen war doch gut für ihn."

Ich konnte nicht glauben, dass sie das endlich zugab. „Und wenn er aufs College geht, wird er mit noch mehr Begeisterung für das Leben nach Hause zurückkehren." Unser Sohn hatte eine solche Liebe zum Leben. Sie überstieg meine Vorstellungskraft.

Auch sein Herz war riesig. Er liebte seine Großeltern, mich und seine Mutter mit allem, was er hatte. Ich war mir sicher, dass er nicht wusste, wie er anders lieben sollte. Und ich hoffte, dass das Mädchen, in das er sich irgendwann verlieben würde, ihm zurückgeben könnte, was er ihr geben würde.

Coy war alles, was ich niemals sein konnte. Und dafür hatte ich seiner Mutter zu danken. Der Himmel wusste, dass er seine Neigung zu Güte und Liebe nicht von mir oder meiner Seite der Familie bekommen hatte.

Ich wusste, dass wir in der Stadt den Ruf hatten, knallhart zu sein. Weder mein Vater noch ich ließen uns etwas gefallen. Wenn wir zweitausend Ballen Heu bestellt hatten, mussten genau so viele im Heuschober sein, wenn die Lieferung abgeschlossen war. Wir zählten jeden Ballen und wenn es zu wenig waren, war die Hölle los.

Ein Gentry ließ sich nicht betrügen.

Heute Abend waren die Dinge aber anders. Die Familie Gentry hatte eine Party für die ganze Stadt veranstaltet und die Menschen kamen, um zu feiern. Ich wusste auch, warum.

Meine Frau hatte in der Stadt einen guten Ruf als Lehrerin erlangt. Sie war Lehrerin für die dritte Klasse gewesen und hatte in den Jahren vor ihrem Unfall auch die fünfte Klasse unterrichtet, also lächelte sie erfreut, als einige ihrer ehemaligen Schüler ihr zuwinkten.

Ihretwegen konnten wir eine erfolgreiche Party feiern. Fiona war unser Schlüssel zur Akzeptanz in der Stadt, weil weder ich noch mein Vater beliebt waren. Nicht, dass es einen von uns interessiert hätte. Aber alle mochten Fiona.

Im Laufe des Abends sah ich Coy bei mindestens zehn Liedern mit demselben Mädchen tanzen. Sie bewegten sich langsam und hielten einander fest, während sie redeten.

Das Mädchen hatte dunkle Augen und seidige dunkle Haare. Sie war eine echte Schönheit mit karamellfarbener Haut und mehr Kurven, als die meisten Mädchen in ihrem Alter hatten. Ich konnte sehen, warum mein Sohn Interesse an ihr zu haben schien.

Da ich keine Ahnung hatte, wie irgendjemand hier hieß, fragte ich meine Frau: „Mit wem tanzt er?"

„Das ist Lila Stevens." Sie lächelte. „Sie ist ein nettes Mädchen. Ich habe sie in der dritten Klasse unterrichtet. Sie ist wirklich eine Schönheit geworden."

Mein Herz blieb stehen, als ich den Nachnamen hörte. „Erinnerst du dich an die Namen ihrer Eltern?"

„Ich weiß, dass ihre Mutter Beth heißt, aber ich kann mich nicht an den Namen ihres Vaters erinnern …" Sie tippte mit dem Finger an ihr Kinn, als sie nachdachte.

Ich erinnerte mich an etwas, das Hilda mir erzählt hatte, als ich ihr mitgeteilt hatte, dass Fiona schwanger war. „Arthur?"

„Ja, genau. Arthur und Beth Stevens." Sie sah sich um, als würde sie sie suchen. „Ich sehe sie hier allerdings nicht."

Das liegt daran, dass Arthur niemals zu einer Party kommen würde, die ich organisiert habe.

Arthur war Hildas Bruder. Er war ein Jahr jünger als sie. Sie hatte mir damals gesagt, dass es ein riesiger Zufall war, dass er und ich beide im selben Jahr Vater wurden.

Das Mädchen, mit dem mein Sohn tanzte und das er mit großen Augen anstarrte, war Hildas Nichte. Und das war überhaupt nicht gut.

Mein Vater saß auf der anderen Seite von Fiona und hatte alles mitbekommen, was wir gesagt hatten. Er sah mich mit einer hochgezogenen Augenbraue an, als würde er mir sagen wollen, dass ich wusste, was ich zu tun hatte.

Ich saß da und wollte nicht aufstehen, um meinen Sohn zurechtzuweisen, aber ich musste es tun.

In all den Jahren, in denen die Familie Stevens in Carthage gelebt hatte, hatten sie es nie geschafft, aus der Gosse herauszukommen. Sie waren alle immer noch genauso arm wie immer. Die meisten von ihnen hatten nicht einmal die Schule beendet und keiner war auf dem College gewesen.

Ein Teil von mir dachte, dass Coy eine kleine Sommeraffäre mit dem Mädchen haben könnte. Dann würde er aufs College gehen und eine geeignete Frau finden, die er heiraten und nach Hause bringen konnte.

Ein anderer Teil von mir dachte, dass er sich in das Mädchen verlieben und es mit aufs College nehmen könnte. Das hatte ich mit Hilda tun wollen. Ich hatte ihr das Studium bezahlen wollen. Ich hatte sie auf unser Niveau bringen wollen, damit mein Vater sie endlich akzeptieren würde.

Aber ich hatte damals nicht das erforderliche Geld gehabt, also war es unmöglich gewesen, zu tun, was ich wollte. Und mein Vater hatte dafür gesorgt, dass ich verstand, dass ich Hilda hinter mir lassen und genau dort verstecken musste, wo sie war.

In der Nacht, bevor ich aufs College gegangen war, war mein Vater in mein Zimmer gekommen. Ich hatte keine Ahnung gehabt, dass er von mir und Hilda wusste. Ich hatte gedacht, ich hätte es vor allen geheim gehalten.

Aber mein Vater hatte es irgendwie herausgefunden und mich mit einem Ledergürtel auf meinem nackten Rücken geweckt. „Steh auf!"

„Au!" Ich war in Unterwäsche aus dem Bett gesprungen. „Wofür war das?"

„Du hast gedacht, ich würde es nie bemerken. Du hast gedacht, du könntest damit durchkommen." Bei einem weiteren Schlag mit dem Gürtel in mein Gesicht hatte meine Wange wie Feuer gebrannt.

„Dad, ich habe morgen meinen ersten Unterrichtstag. Bitte!"

Als Nächstes hatte er mich in den Bauch geschlagen. „Ich werde dich windelweich prügeln, Junge. Du wusstest, dass es falsch war, als du es getan hast – als du diese Hure aus dieser nichtsnutzigen Familie gefickt hast. Du hast es besser gewusst. Deshalb hast du es so lange vor mir geheim gehalten. Also sag mir, was ich hören will, oder ich höre nicht auf, bis du auf dem Boden liegst."

Er hätte es getan. Er hatte es schon einmal getan. „Ich werde sie nicht mehr treffen. Das schwöre ich dir."

Ich hatte noch zehn Schläge mit dem Gürtel bekommen, nachdem ich ihn angebettelt hatte, mich in Ruhe zu lassen. Ich war kurz davor gewesen, ohnmächtig zu werden, als er den Raum mit einer letzten Drohung verlassen hatte. „Wenn du sie jemals wiedersiehst, werde ich dich enterben und du wirst mittellos auf der Straße landen."

Er war kein Mann, der leere Drohungen ausstieß, also hatte ich damals gewusst, dass ich aufs College gehen und Hilda zurücklassen musste. Das hatte ich vier Jahre lang geschafft. Erst als ich nach Hause gekommen war und Fiona geheiratet hatte, hatte ich keine andere Wahl gehabt, als wieder zu Hilda zu gehen, weil meine Ehefrau so prüde war.

Mein Vater hatte es nie herausgefunden. Obwohl er meine Affäre mit Hilda nie mitbekommen hatte, wusste er jetzt, dass mein Sohn sich zu jemandem aus ihrer Familie hingezogen fühlte. Und das war überhaupt nicht gut.

Ich nutzte die erste Gelegenheit, mit Coy unter vier Augen zu sprechen. Er ging gerade zur Toilette, als ich ihn einholte und durch eine Seitentür zog. „Hey, mein Sohn, du siehst aus, als hättest du Spaß."

„Dad, das habe ich wirklich", schwärmte er. „Vielen Dank, dass du das für mich getan hast. Es ist wirklich großartig. Alle reden darüber, wie wundervoll die Party ist und wie cool es von dir ist, so etwas zu arrangieren." Er lächelte. „Ausnahmsweise scheinen die Leute dich zu mögen, Dad."

„Ja, daran bin ich nicht gewöhnt." Und jetzt wusste ich, dass es nicht von Dauer sein würde. „Sohn, du weißt das vielleicht nicht, aber unsere Familie lässt sich nicht mit Leuten ein, die nicht versuchen, etwas aus sich zu machen."

Seine Augen blitzten vor Wut, genau wie die seiner Mutter es konnten. „Was soll das heißen?"

„Das Mädchen, mit dem du getanzt hast …"

Er unterbrach mich. „Lila ist großartig. Ich mag sie wirklich und sie scheint mich auch zu mögen. Ich habe sie bereits gefragt, ob sie morgen Abend mit mir ausgehen möchte. Sie hat Ja gesagt. Ich werde sie nach Dallas bringen, um ihr meine alte Schule zu zeigen und sie zum Essen in das Restaurant auszuführen, das wie eine Kugel geformt ist und sich dreht."

„Das kannst du nicht."

„Natürlich kann ich das." Er schüttelte den Kopf, als könnte er seine eigenen Entscheidungen treffen.

„Nein, das kannst du nicht."

Er spannte seinen Kiefer an und ich wusste, dass es nicht leicht sein würde, ihn umzustimmen. „Warum nicht?"

„Sie kommt nicht aus einer guten Familie. Sie wird von deiner Familie nicht akzeptiert. Siehst du, worauf ich hinaus will?"

„Mom wird jedes Mädchen akzeptieren, das ich nach Hause bringe." Er richtete sich auf. „Und du wirst es auch."

„Nein, das werde ich nicht." Ich – vor allen anderen Menschen – wusste, wie unfair ich war. Aber mein Vater lebte noch und ich wollte nicht, dass er eines Nachts in das Zimmer meines Sohnes ging und ihn bewusstlos prügelte. „Finde einfach ein anderes Mädchen, mein Junge. Das ist alles, was ich sage. Finde eines, das aufs College geht, so wie du auch. Das ist alles, was ich verlange."

„Woher weißt du, dass Lila nicht aufs College gehen wird?"
Er war seiner Mutter so ähnlich. Und das machte mir Sorgen.

„Das weiß ich nicht." Aber ich kannte kein einziges
Mitglied ihrer Familie, das aufs College gegangen war. „Hast
du sie danach gefragt?"

„Ja. Ich habe ihr gesagt, dass ich nach Lubbock ziehen
werde, um zur Texas Tech zu gehen, genau wie du und Mom
früher."

„Und was hat sie gesagt?" Ich dachte, wenn ich
zurückgehen und meinem Vater sagen könnte, dass dieses
Mädchen im Herbst aufs College gehen würde, könnte es in
Ordnung sein, dass Coy mit ihr ausging.

„Nun, sie sagte, dass ihre Eltern kein Geld dafür haben.
Aber wenn sie es hätten, würde sie auch studieren wollen."

„Siehst du, sie kommt aus einer schlechten Familie. Wenn
sie eine gute Familie hätte, hätten sie es zur Priorität gemacht,
Geld zu sparen, damit ihre Kinder aufs College gehen können.
Es tut mir leid. Du musst dir ein anderes Mädchen suchen,
mein Sohn."

Er legte den Kopf schief und sah mich an, als wäre ich
verrückt. „Dad, ich werde mir kein anderes Mädchen suchen.
Ich gehe mit Lila aus. Ende. Du denkst wie ein Höhlenmensch.
Komm aus der Steinzeit und schließe dich dem Rest der Welt
an." Damit ließ er mich einfach stehen.

Genau wie seine verdammte Mutter!

KAPITEL FÜNFZEHN

Fiona

Der Abend der Highschool-Abschlussparty unseres Sohnes war sehr gut verlaufen. Bis Collin Coy nach draußen führte, um mit ihm zu sprechen. Coy kehrte mit einem finsteren Gesichtsausdruck zurück und bald darauf kam Collin wieder herein und sah genauso aus.

Ich hatte keine Ahnung, was die beiden so verärgert haben könnte. Als mein Mann sich neben mich setzte, fragte ich: „Was ist los?"

„Dein Sohn ist dir zu ähnlich, das ist los." Er nahm seinen Cowboyhut ab und fuhr sich mit den Händen durch die Haare, als hätte er Kopfschmerzen.

„Ich verstehe es immer noch nicht."

Er zeigte auf die Tanzfläche, auf der unser Sohn wieder mit Lila Stevens tanzte. „Sieh nur. Er tut das nur, um mich zu ärgern."

Ich war völlig verwirrt. „Warum?"

„Ich habe ihm gesagt, dass er sich nach einem anderen Mädchen umsehen soll. Aber er könnte nicht einmal einem Befehl gehorchen, wenn sein verdammtes Leben davon abhängen würde." Er schnaube und schloss die Augen, als könnte er es nicht ertragen, seinem Sohn dabei zuzusehen, wie er eine schöne Zeit mit jemandem verbrachte.

„Wenn du mich fragst, hast du dem Jungen viel zu selten eine Tracht Prügel mit dem Gürtel verpasst, und es zeigt sich", sagte Collins Vater.

„Warum kümmert es dich, mit wem Coy Zeit verbringt, Collin?" Ich versuchte, die Bemerkungen seines Vaters zu ignorieren. Der alte Mann sprach die meiste Zeit wie ein Höhlenmensch.

„Das würdest du nicht verstehen, Fiona. Tatsache ist, dass ich ihm gesagt habe, dass er ein anderes Mädchen zum Tanzen finden muss, aber das tut er nicht." Seine Ohren waren feuerrot. Ich wusste, dass er wütend war.

Aber ich begriff immer noch nicht, warum. „Lass ihn einfach tanzen, mit wem er will." Collins kontrollierende Natur übermannte ihn manchmal. Ich hoffte, er würde die Party unseres Sohnes nicht ruinieren.

„Du wirst nie begreifen, wie es hier läuft, Fiona. Das Mädchen ist von der falschen Seite der Stadt. Der Name Gentry hat Tradition. Ich erwarte, dass mein Sohn ihn genauso schützt wie mein Großvater und mein Vater. So wie ich es getan habe."

„Ich kann nicht erkennen, wie er den Familiennamen beschmutzt, indem er mit diesem Mädchen tanzt." Das war völlig übertrieben.

„Ich durfte es nicht und er darf es auch nicht", sagte Collin mit einer solchen Wut in seiner Stimme, dass er mich erschreckte.

Seine Worte verwirrten mich noch mehr. „Gab es ein Mädchen von hier, das du nicht treffen durftest, Collin?"

„Vergiss es", knurrte er, bevor er aufstand und ging.

Seine Eltern folgten ihm eine halbe Stunde später und ich saß immer noch am Tisch und fragte mich, was zum Teufel los war. Als Coy mich allein dort sitzen sah, kam er zu mir. „Wo sind alle hingegangen?"

„Nach Hause, nehme ich an." Ich war mit Coy gekommen, hatte aber angenommen, Collin würde mich nach Hause bringen. „Ich hasse es, deinen Abend zu stören, Coy, aber anscheinend musst du mich nach Hause fahren."

„Natürlich, Mom. Das ist überhaupt kein Problem." Er seufzte und schob die Hände in die Taschen. „Meine Güte, Dad ist ein echter Snob. Ich wusste bis heute Abend nicht, wie sehr."

„Was hat er zu dir gesagt?" *Vielleicht bekomme ich endlich ein paar Antworten.*

„Dass ich Lila nicht sehen darf. Er denkt, dass sie aus einer schlechten Familie stammt."

„Oh, ich verstehe. Und du musst ihm gesagt haben, dass du sie sehen wirst, wann du willst – oder so ähnlich." Mein Sohn war in vielerlei Hinsicht wie ich. Dafür war ich stolz auf ihn.

„Ja." Er wiegte sich auf den Fersen. „Mom, ich kann mir nicht von ihm vorschreiben lassen, wie ich mein Leben führe. Und ich kann mir nicht von ihm sagen lassen, mit wem ich ausgehen kann und mit wem nicht. Tut mir leid, aber das kann ich einfach nicht."

„Ich weiß." Ich war genauso. „Nun, ich werde mit ihm reden. Nicht, dass ich ihn unter Kontrolle habe, aber manchmal kann ich ihm klarmachen, dass er nicht die Kontrolle über alle anderen hat."

„Ich würde mich freuen, wenn du das für mich tun würdest. Ich möchte nicht mit ihm streiten. Aber ich werde nicht aufhören, ein Mädchen zu sehen, das ich mag, nur weil ihre Familie nicht genug Geld hat. Ich habe ehrlich gesagt keine Ahnung, warum Dad überhaupt so wütend ist."

Die Worte von Collins Vater darüber, dass Coy zu oft von Schlägen verschont worden war, kamen mir in den Sinn. „Ich bin sicher, dass es etwas mit deinem Großvater zu tun hat, Coy. Ich werde alles tun, um diesem Unsinn ein Ende zu setzen.

Aber könntest du mich jetzt nach Hause fahren? Ich bin erschöpft und brauche mehr Schmerzmittel."

Coy brachte mich zurück und schob mich ins Haus.

„Mom, ich fahre zurück in die Stadt zu Lila. Wir wollen noch ein bisschen länger zusammen sein. Es ist erst kurz nach Mitternacht. Ich komme in ein paar Stunden wieder nach Hause."

„Sei vorsichtig, mein Sohn." Ich wusste, dass er noch nie mit jemandem ausgegangen war, und das machte mir Sorgen. „Du weißt nichts über dieses Mädchen, also schütze dein Herz, bis du es besser kennst. Lila ist das erste Mädchen, mit dem du jemals ausgegangen bist."

„Ich weiß. Deshalb möchte ich noch mehr mit ihr sprechen. Ich versuche nicht, etwas zu überstürzen. Aber ich mag sie, Mom. Ich mag sie sehr."

„Verwechsle körperliche Anziehung nicht mit mehr. Du solltest dich auch intellektuell von einem Mädchen angezogen fühlen." Ich vertraute Coy. Er war ein guter Junge. „Gute Nacht. Hab Spaß. Ich sehe dich dann morgen."

„Gute Nacht, Mom. Ich liebe dich."

„Ich liebe dich auch."

Ich fuhr mit dem Rollstuhl in das Schlafzimmer im Erdgeschoss, in das ich nach meinem Unfall eingezogen war. Meine Krankenschwester musste mir beim An- und Ausziehen helfen und mich vom Rollstuhl zum Bett tragen, sodass ich ein eigenes Schlafzimmer benötigte. Collin aufzuwecken war keine Option.

Das Zimmer der Krankenschwester war direkt neben meinem und sie hörte mich, als die Dielen unter dem Gewicht meines Rollstuhls knarrten. „Da sind Sie ja. Ich wette, Sie brauchen Ihr Schmerzmittel."

„Sie haben recht, Lucy. Und ich würde gerne diesen Rollstuhl verlassen und mich in mein gemütliches Bett legen."

Am nächsten Morgen wurde ich von meinem Mann

geweckt, der wütend aussah. „Wann ist er nach Hause gekommen?"

„Coy?" Ich zog mich in eine sitzende Position hoch und mein Rücken verkrampfte sich, als mein Stützkorsett verrutschte. „Au!"

Collin beeilte sich, mir zu helfen, brachte das Stützkorsett wieder in Position und zerrte an den Schnüren, um sie festzuziehen. „Du musst vorsichtig sein."

„Nun, du hast mich geweckt und ich bin noch ganz benommen, Collin." Ich keuchte, als mein Rücken pulsierte. „Gib mir bitte das Schmerzmittel."

Er holte schnell eine Tablette für mich und gab mir das Glas Wasser, das ich immer auf dem Nachttisch stehen hatte. „Hier, nimm das."

Es dauerte ein paar Minuten, bis ich klar denken konnte und fragte: „Was ist dein Problem, Collin?"

Er stand mit verschränkten Armen vor mir. „Unser Sohn muss tun, was ich ihm sage. Ist er wieder ausgegangen, nachdem er dich nach Hause gebracht hatte?"

„Ja. Er ist zurück in die Stadt gefahren, um Zeit mit Lila zu verbringen. Du solltest dich um deine eigenen Angelegenheiten kümmern." Ich wollte mich nicht in einer so dummen Angelegenheit auf die Seite meines Mannes stellen.

„Ich rette ihn vor sich selbst. Das verstehst du nicht. Er hört auf dich. Ich brauche deine Hilfe."

Er war ein Dummkopf, wenn er auch nur eine Sekunde dachte, dass ich ihm helfen würde. „Collin, du weißt, dass ich nicht das Gefühl habe, dass ich, du oder deine Eltern besser als alle anderen sind. Coy ist nicht besser als dieses Mädchen. Wir sind alle nur Menschen. Und wir können uns mit jedem verabreden und uns sogar in jeden verlieben, den wir wollen, unabhängig von seiner Hautfarbe, seinem Bankkonto oder seinem familiären Hintergrund. Also, was hat die Familie Stevens jemals der Familie Gentry angetan, dass du so reagierst?"

Seine Augen schlossen sich, als sein Gesicht einen Rotton annahm, den ich vorher noch nie gesehen hatte. „Hör zu, ich musste mich als Kind an die Regeln meines Vaters halten, so wie alle, die in diesem Haus oder auf dieser Ranch leben. Wenn Coy weiterhin hier leben will, muss er mir gehorchen. Und er kann mit niemandem von der Familie Stevens oder einer anderen Familie, die mein Vater für ungeeignet hält, ausgehen."

„Nein." Ich würde nicht bei diesem Unsinn mitmachen. „Ich werde dich oder deinen Vater nicht dabei unterstützen. Das ist nicht mit meinem Moralkodex vereinbar, Collin. Und es klingt so, als wäre es auch nicht mit dem Moralkodex unseres Sohnes vereinbar. Er ist achtzehn – er ist jetzt ein Mann. Und ich bin stolz auf ihn, weil er sich für das einsetzt, woran er glaubt."

„Dann lässt du mir keine Wahl. Wenn du nicht für mich bist, bist du gegen mich. Wenn du mich nicht dabei unterstützt oder akzeptierst, was ich mit Coy mache, musst du dieses Haus verlassen."

„Ich bin zurzeit deiner Gnade ausgeliefert und das weißt du auch. Ich kann vielleicht ein ganzes Jahr lang nicht arbeiten. Wie soll ich Miete bezahlen? Wer fährt mich herum? Wie soll ich meine Krankenschwester bezahlen, wenn du mich wegschickst?" Mein Vater war bereits an einem Herzinfarkt gestorben und der Bluthochdruck meiner Mutter war so schlimm geworden, dass sie in einem Pflegeheim leben musste. Ich hatte niemanden, zu dem ich gehen konnte, wenn er mich auf die Straße setzte.

„Dann zwinge mich nicht dazu, dich wegzuschicken. Ich sage nicht, dass du Coy dazu bringen musst, das zu tun, was ich sage, weil ich weiß, dass es wahrscheinlich unmöglich ist. Schließlich ist er dir sehr ähnlich." Bei ihm klang es nicht wie ein Kompliment. „Aber ich erwarte, dass du mich bei allem unterstützt, was ich sage und womit ich ihm drohe, auch wenn ich die Drohungen wahr mache. Ich tue das nicht, um unseren

Sohn zu verletzen. Ich tue es, um ihn vor sich selbst zu retten."

„Du warst vor langer Zeit an jemandem aus dieser Familie interessiert und dein Vater hat dir nicht erlaubt, deinem Herzen zu folgen. Ich kann es in deinen Augen sehen. Hat er dich deswegen geschlagen?" Ich hatte genug von der hässlichen Seite der Gentrys gesehen, um es mir vorstellen zu können.

„Das hat er. Du hast recht. Und ich habe gelernt, ihm zu gehorchen. Willst du, dass unserem Sohn das Gleiche passiert?"

„Ich würde es nicht zulassen und ich erwarte, dass du es auch nicht zulässt." Ich hasste es, in einem Moment, in dem ich meine Kraft wirklich brauchte, handlungsunfähig zu sein.

„Er wird es nicht tun, wenn jemand in der Nähe ist. Und wir wissen beide, dass Coy sich nicht wehren wird. Außerdem kann mein Vater mich enterben, wenn ich meinen Sohn nicht dazu bringe, den Familiennamen zu schützen. Er hat mir vorhin gesagt, dass er die Ranch der Regierung überschreibt, bevor er sie mir gibt, wenn ich nicht tue, was er verlangt."

Ich wusste, dass Collins Vater ein harter Mistkerl war – und dass er manchmal sogar grausam sein konnte. Aber ich hatte keine Ahnung gehabt, dass er so niederträchtig und böse sein könnte. Die Erkenntnis, dass ich im selben Haus gelebt hatte wie ein Mann, der zu solchen Gräueltaten fähig war, widerte mich an.

„Collin, wir sollten aus diesem Haus ausziehen. Wir sollten die Ranch ganz verlassen. Wir können nicht zulassen, dass dieser Mann uns oder unseren Sohn kontrolliert. Du hast deinen College-Abschluss und viel Erfahrung. Du kannst in kürzester Zeit einen Job als Ranchmanager finden. Damit wirst du nicht annähernd so viel Geld verdienen, wie du jetzt hast, aber es ist ein angesehener Beruf und niemand wird dir mehr vorschreiben können, wie du dein Leben führen und deinen Sohn behandeln sollst."

„Das kann ich nicht. Und glaube mir, du würdest mich

nicht wollen, wenn ich diese Ranch verlassen würde. Sag mir, was ich von dir hören muss, Fiona, oder ich packe deine Sachen und schicke dich noch heute von hier weg. Ich schwöre dir, dass ich es tun werde."

Mein Herz setzte einen Schlag aus. Ich liebte meinen Sohn mehr als alles andere, aber hatte ich in meinem Zustand eine Wahl?

Ich konnte nur hoffen, dass Coy es eines Tages verstehen würde.

KAPITEL SECHZEHN

Coy

Juli 1988 – Carthage, Texas

Als ich nach Hause fuhr, beschloss ich, dass ich meinen Eltern noch eine Chance geben musste. Ich war noch nie mit einem von ihnen in Streit geraten und mir fiel ein, dass ich nicht wusste, wie ich meinen Standpunkt vor ihnen verteidigen sollte. Aber ich hatte an einem Debattierkurs teilgenommen, also wusste ich, wie man argumentierte.

Als ich ins Haus ging, versuchte ich, eine Liste mit Vorteilen zu erstellen, die ich über mich und Lila aufzählen konnte. Es gab viele positive Dinge. Und die einzigen Nachteile betrafen unsere Familien.

Meine Mutter saß allein im Wohnzimmer in ihrem Rollstuhl und las ein Buch. Sie sah mich mit einem Lächeln an, als ich ins Zimmer kam. „Da bist du ja. Du bist diesen Sommer so beschäftigt. Wo warst du heute?"

Einen Moment lang wollte ich ihr die Wahrheit sagen. Aber selbst wenn sie nichts gegen die Vorstellung hatte, dass ich mit Lila zusammen war, würde sie es hassen, dass wir eine

Heiratslizenz besorgt hatten und in drei Tagen heiraten wollten. Ohne sie.

Also log ich: „Ich habe nur mit einigen der Jungs herumgegangen, mit denen ich im Kindergarten war. Weißt du, diejenigen, die ich auf der Party, die ihr so großzügig organisiert habt, wiedergetroffen habe."

„Das ist schön." Sie legte ihr Buch auf den Tisch neben sich und schenkte mir ihre volle Aufmerksamkeit. „Heute Abend gibt es paniertes Hähnchensteak. Dein Lieblingsessen."

„Gut." Ich war hungrig. Ich hoffte nur, dass ich nach unserem Gespräch immer noch hungrig sein würde. „Also, während Dad nicht im Haus ist, möchte ich mit dir über etwas reden."

Ihr Kiefer spannte sich sofort an und sie verschränkte die Hände in ihrem Schoß. „Worüber?"

Ich nahm Platz, damit wir auf Augenhöhe waren. „Mom, es geht um Lila Stevens. Ich verstehe nicht, warum wir uns nicht treffen dürfen."

Sie sah über ihre Schulter, als wollte sie sicherstellen, dass niemand uns belauschte, und sah mich dann wieder an. „Junge, ich weiß, dass es nicht richtig ist. Ich bin niemand, der denkt, dass jemand besser ist als andere. Aber ich bin nur deine Mutter. Deine Großeltern besitzen dieses Haus und die Ranch. Dein Vater hat sie noch nicht geerbt. Und ehrlich gesagt bin ich mir nicht einmal hundertprozentig sicher, ob er dir erlauben würde, Lila zu sehen, wenn er hier das Sagen hätte."

„Aber warum?" Ich konnte nicht verstehen, warum mein Vater so vehement dagegen war.

„Dein Vater wurde anders erzogen", sagte sie. „Seine Eltern haben ihm ihre Werte vermittelt und sie wirken heute noch nach. Diese Ranch bedeutet ihm und seinem Großvater alles. Und sie werden alles tun, was sie für notwendig halten, um sicherzustellen, dass auch die nächsten Generationen ihre strengen Werte einhalten. Deshalb sind sie so versessen darauf, dass ihre Kinder sich an die gleichen Standards halten wie sie."

„Mom, komm schon." Ich wusste, dass sie nicht so dachte wie Dad und mein Großvater. „Kannst du sie nicht zur Vernunft bringen?"

Ein schwaches Lächeln umspielte ihre blassen Lippen. „Ich habe es versucht. Aber dein Vater will kein weiteres Wort von mir hören. Er hat deutlich gemacht, dass ich gegen ihn bin, wenn ich nicht seiner Meinung bin."

„Mom, du weißt, dass du deine eigene Meinung haben kannst. Und du weißt, dass deine Meinung wichtig ist." Ich mochte es nicht, meine Mutter so zu sehen. „Warum unterstützt du ihn? Du bist eine starke Frau."

„Aber ich bin nicht unabhängig – besonders jetzt nicht. Ich verlasse mich bei allem auf deinen Vater. Es tut mir so leid, dass meine Verletzungen mich daran hindern, dir das zu geben, was du gerade brauchst. Wirklich. Aber ich kann absolut nichts dagegen tun." Eine Träne lief über ihre Wange und sie wischte sie schnell weg. „Tu einfach, was er sagt, Coy. Reize ihn nicht. Es gibt viele Mädchen da draußen, das verspreche ich dir. Das College beginnt im Herbst und du wirst dort Studentinnen aus aller Welt treffen. Mädchen, die so lebensfroh und gebildet sind wie du. Mädchen, mit denen du vielleicht besser zusammenpasst."

„Mama, Lila und ich passen extrem gut zusammen."

„Ich bin sicher, dass du das denkst, Coy." Sie schüttelte den Kopf. „Lila ist ein Kleinstadtmädchen, das wahrscheinlich noch nie weiter gekommen ist als Dallas. Sie geht nirgendwohin."

„Und?" Ich hatte keine Ahnung, warum das überhaupt wichtig war. „Ich komme nach dem College hierher zurück auf die Ranch, also gehe ich auch nirgendwohin. Ich werde diese Ranch irgendwann übernehmen und den Rest meines Lebens hier verbringen. Was unterscheidet mich von ihr?"

„Du bist auf eine bessere Schule gegangen als sie. Und du wirst einen College-Abschluss haben, sie nicht. Wenn du nach einem Semester auf dem College zu deinem ersten Besuch zurück nach Hause kommst, wirst du sehen, dass du einem Kleinstadtmädchen haushoch überlegen bist."

„Das glaube ich nicht." Ich seufzte und wusste nicht, wie ich sie davon überzeugen sollte, dass ich in Lila verliebt war. „Mom, wir haben uns heimlich gesehen."

„Ich werde so tun, als hätte ich das nicht gehört. Und ich möchte nicht, dass du es wiederholst. Du musst aufhören, sie zu sehen. Zu deinem eigenen Besten. Du musst mir diesbezüglich vertrauen. Vergiss sie und lass dir von der Zukunft zeigen, was sie für dich bereithält. Ich habe deinen Vater im College kennengelernt. Ich hatte zwei Freunde vor ihm, aber es war anders, als ich ihn traf. Das könnte auch für dich so sein."

„Mom, ich habe die Richtige für mich gefunden. Ich muss mich mit niemand anderem verabreden, um das zu wissen."

Sie schüttelte den Kopf und schnaubte: „Hör auf, solche Dinge zu sagen. Es klingt, als hättest du Zeit mit ihr verbracht. Dein Vater wird das durchschauen. Und das kannst du nicht zulassen."

Ich hatte das überwältigende Gefühl, dass sie nichts von dem glaubte, was sie sagte – dass hinter all dem etwas anderes steckte. „Ich denke, ich sollte mit Grandpa reden."

Sie erbleichte und der Mund stand ihr offen. „Nein. Versprich mir, dass du das nicht tust. Es wäre unglaublich schlecht für dich, das zu tun."

„Das Schlimmste, was mir jemand antun könnte, ist, mir mein Erbe wegzunehmen."

„Da irrst du dich. Du hast keine Ahnung, wie sehr du dich irrst." Sie rang die Hände in ihrem Schoß. Es war offensichtlich, dass sie aufgebracht war. „Beende eure Beziehung. Jetzt. Ich flehe dich an, Coy."

„Coy Collin", sagte ich angewidert. „Benannt nach den zwei stursten Männern, die ich je getroffen habe. Warum weigern sie sich zu verstehen, dass das Herz will, was es will? Ich darf nicht selbst entscheiden, wen *ich* haben will. Ich muss nehmen, wen *sie* gutheißen." Ich sah meine Mutter an, die der Inbegriff einer anständigen und guten Ehefrau war. „Sieh dich an. Eine Frau mit College-Abschluss, die ihren Platz kennt. Es scheint, als hätte Dad dich ausgewählt, weil du in diese Rolle passt, Mom. Sag mir, wie oft das Wort Liebe zwischen dir und meinem Vater gefallen ist."

„Coy, bitte hör auf", flehte sie, was meiner Mutter nicht ähnlich sah. „Ich habe dich nicht dazu erzogen, so grausam zu sein. Du bist jetzt vielleicht ein Mann, aber du bist noch jung. Du weißt noch nicht, wie die Welt funktioniert – und wie Ehen funktionieren."

„Ich mag jung sein, aber ich weiß, was ich will. Ich weiß, dass ich eine liebevolle Ehe will. Es geht nicht um ähnliche Bildung oder darum, irgendeine Rolle zu spielen. Es geht nur um *Liebe*, Mom. *Liebe* ist das, was die Welt bewegt. *Liebe* lässt einen alle Hindernisse überwinden. Es ist nicht wichtig, ob man finanziell oder gesellschaftlich ebenbürtig ist." Ich hatte mich in meinem Leben noch nie so angewidert von meiner Mutter gefühlt. „Du bist nicht für mich eingetreten, als ich damals mit sechs Jahren nicht ins Internat wollte, und jetzt wirst du es auch nicht tun."

„Ich kann nicht." Sie fuhr mit den Händen über ihre verletzten Beine. „Ich bin nicht in der Verfassung, um einen Kampf mit deinem Vater zu führen. Und um ganz ehrlich zu sein, denke ich nicht, dass es sich am Ende lohnen würde. Sie ist das erste Mädchen, das du jemals geküsst hast. Ich vermute, dass eure Bindung deshalb so stark ist." Sie fuhr sich mit der Hand über das Gesicht. „Das Leben ist zu kompliziert, um nur aus Liebe zu heiraten. Das Leben versetzt einem manchmal einen harten Rückschlag und man braucht einen Partner, dem man vertrauen kann. Wenn du auf nichts anderes hörst, was ich dir sage – höre wenigstens darauf. Du musst den Rat der Menschen befolgen, die dich lieben und denen dein Wohlergehen am Herzen liegt. Wie deinem Vater und mir. Coy, ich habe das Gefühl, als hätte ich die Entscheidung, deinen Vater zu heiraten, überstürzt getroffen. Und ich möchte nicht, dass dir das Gleiche passiert. Warte bitte noch damit, dieses Mädchen zu heiraten."

Die Stiefel meines Vaters hallten auf dem Parkettboden im Wohnzimmer wider. Moms Augen baten mich, ihm kein Wort davon zu sagen, worüber wir gesprochen hatten.

Aber ich konnte nicht tun, was sie wollte. „Dad, ich würde gerne ein vernünftiges Gespräch mit dir führen." Ich stand auf und schenkte ihm ein Glas Whisky ein, in der Hoffnung, dass es helfen würde.

Seine Lippen verzogen sich zu einem kleinen Grinsen, als er sich hinsetzte und das Glas von mir entgegennahm. „Vernünftig? Als wäre ich jemals etwas anderes." Er trank einen Schluck und sah mich über den Rand des Glases hinweg an.

„Coy", sagte Mom. „Kannst du nachsehen, wie lange es dauern wird, bis das Abendessen fertig ist? Und lass das Personal wissen, dass dein Vater seine Arbeit für heute erledigt hat."

Sie versuchte, mich loszuwerden. „Mom, lass mich mit meinem Vater reden."

„Ja, Fiona. Lass ihn mit mir reden." Dad hielt den Drink mit zwei Händen fest, als sein Kiefer sich anspannte.

„Ich hätte gerne deine Erlaubnis, mit Lila Stevens auszugehen." Ich dachte, ich sollte damit anfangen, nur um zu sehen, wie seine Reaktion ausfiel.

„Wir haben schon darüber geredet und ich werde das Thema nicht noch einmal diskutieren." Er trank noch einen Schluck, bevor er meine Mutter fragte: „Was gibt es überhaupt zum Abendessen?"

„Paniertes Hähnchensteak, Kartoffelpüree, Sahnesauce und grüne Bohnen." Sie lächelte. „Das Lieblingsessen von Coy und dir. Ihr zwei habt viel gemeinsam. Denkst du nicht?"

„Wir haben zu viel gemeinsam, das ist das Problem. Nur wurde ich mit strenger Hand erzogen und unserem Sohn wurde die Rute erspart." Als er sein Glas abstellte, ließ ihn sein hageres Gesicht wie einen Mann aussehen, der in seinem Leben viele Fehler gemacht hatte. „Schonst du die Rute, verwöhnst du das Kind, wie man so treffend sagt. Anscheinend haben wir ihn verwöhnt."

„Ich bin alles andere als verwöhnt. Ich bin ohne meine Eltern aufgewachsen." Ich ging weg, um nichts zu sagen, was sie verletzen würde, auch wenn es ihnen egal war, dass die Dinge, die sie sagten, mich verletzten. „Ihr seid alle aus einer Zeit, die zu Ende gehen muss. Ihr glaubt, dass Geld darüber entscheidet, wer gut und schlecht ist – ihr irrt euch. Ihr irrt euch in so vielen Dingen. Und ich hasse es, dass ich gerade erst anfange, das herauszufinden. Ich komme aus einer Familie, die ich nie wirklich gekannt habe. Und das ist deine Schuld, Dad. Du hast mich weggeschickt, damit ich keinen von euch kenne. Nicht wirklich."

„Halte dich von diesem Mädchen fern, Coy", sagte mein Vater. „Oder du wirst es bereuen."

„Vielleicht wirst du es viel mehr bereuen als ich. Vielleicht wirst du feststellen, dass der Verlust deines Sohnes – deines einzigen Kindes – deinen verdammten Stolz nicht wert war. Das hier ist eine Ranch – auch wenn ich kaum darauf aufgewachsen bin. Eine verdammte Ranch. Ein verdammtes Stück Dreck, auf den das Vieh den ganzen Tag scheißt. Es ist nicht Camelot. Es ist kein Königreich. Und du bist kein König. Ich werde tun, was ich will, bevor ich mein Leben für ein Stück Dreck opfere, das mir im Grunde egal ist!"

Als ich den Raum verließ, spürte ich, wie sich der wütende Blick meines Vaters in mich bohrte. Und ich konnte meine Mutter weinen hören.

Es war mir gleichgültig.

KAPITEL SIEBZEHN

Lila

Obwohl ich Coy in dieser Nacht nur kurze Zeit gesehen hatte, schlief ich mit einem Lächeln auf den Lippen ein. Ich musste einfach lächeln, wenn ich über unsere gemeinsame Zukunft nachdachte.

In nur drei Tagen würden wir Mann und Frau werden. Coy hatte mir erklärt, dass ich so viel wie möglich packen musste, während ich so diskret wie möglich war.

Nachdem die Trauung von dem örtlichen Friedensrichter durchgeführt worden war, würde mich Coy zu dem Gebrauchtwagenhändler bringen, um das Auto abzuholen, das er für mich gekauft hatte. Dann würden wir nach Lubbock fahren und in das Haus ziehen, das sein Vater ihm dort bereits gekauft hatte.

Er war sich sicher, dass sein Vater ihn – zumindest für eine Weile – verstoßen würde, aber wir würden so lange wie möglich in dem Haus bleiben und er würde sich einen Job suchen, um über die Runden zu kommen. Ich war mir sicher, dass ich einen Weg finden könnte, Geld zu verdienen, um zu unserem Haushaltseinkommen beizutragen.

Obwohl ich Angst hatte, freute ich mich darauf, mit dem Mann, den ich liebte, ein neues Leben zu beginnen. Ich wusste, dass meine Familie mich auch für eine Weile verstoßen würde. Nicht, dass es außer Kommunikation viel gab, das sie mir wegnehmen könnten. Mit der Zeit würden sie sich mit meiner Entscheidung abfinden. Zumindest hoffte ich das.

Mein Schlaf wurde abrupt unterbrochen. Ich war völlig verwirrt, als ich davon aufwachte, dass jemand an mir zerrte. Meine Arme und Beine waren gefesselt und etwas wurde in meinen Mund geschoben, um mich davon abzuhalten, zu schreien und das ganze Haus auf das aufmerksam zu machen, was mit mir geschah.

Dunkle Schatten bewegten sich um mich herum und dann hatte einer von ihnen etwas, das wie eine Papiertüte aussah. Einen Moment lang sah ich das Gesicht meines ältesten Bruders, bevor die Tüte über meinen Kopf gestülpt wurde.

Mit gefesselten Händen und zusammengebundenen Knöcheln war ich hilflos, als einer von ihnen mich über die Schulter warf und mich aus meinem Schlafzimmer trug.

Ich spürte die kühle Nachtluft auf meinen nackten Beinen und Armen. Mein Nachthemd bot keinen Schutz vor den Elementen. Ich hörte den Motor unseres Autos und wurde auf eine harte Oberfläche gelegt. Ein Rauschen war alles, was ich hörte, bevor mir der Knall des Kofferraums sagte, dass ich mitten in der Nacht von meinem Elternhaus weggebracht wurde.

Tränen liefen mir über das Gesicht, als mir klar wurde, was dies für meine Träume bedeutete. Ich wusste, dass etwas passiert sein musste, um meinen Vater auf die Pläne aufmerksam zu machen, die Coy und ich gemacht hatten. So besorgt ich auch um mich selbst war, mein Herz machte sich noch mehr Sorgen um Coy.

Oh Gott, ich hoffe, sie haben ihm nichts angetan.

Ich hatte keine Ahnung, wohin ich gebracht wurde, aber ich wusste, dass mein Vater und meine Brüder mir das antaten.

Allein dadurch fühlte ich mich ein bisschen besser, da ich wusste, dass sie mich zumindest nicht umbringen würden.

Sobald ich dort ankam, wo sie mich hinbrachten, würde ich einen Weg finden, um nach Carthage und zu Coy zurückzukehren. Wenn ich direkt zur Polizei gehen musste, um sicherzustellen, dass es Coy gut ging, würde ich das tun.

Mein Vater hatte keine Ahnung, was er in mir ausgelöst hatte. Ich würde wie ein Bär kämpfen, um zu dem Mann zurückzukehren, den ich liebte. Wenn dabei jemand verletzt wurde, dann war das sein Problem.

Die Autofahrt schien endlos, bevor wir schließlich anhielten. Der Kofferraum wurde geöffnet und ich wurde hochgehoben und über eine Schulter geworfen.

Ich hörte etwas, das wie eine alte Fliegengittertür klang, die sich mit einem lauten Quietschen öffnete. „Bringt sie herein", hörte ich eine Frau sagen. „Hier hinten. Ich habe ein Zimmer für sie vorbereitet."

Wer auch immer das war, hatte mich erwartet. Also war das alles geplant gewesen. Und es musste vor kurzem geplant worden sein, da Coy und ich erst am Vortag unsere Heiratslizenz erhalten hatten.

Jemand hatte uns verraten. Aber ich hatte keine Ahnung, wer überhaupt von unserer Beziehung wusste. Sofort machte ich mir noch mehr Sorgen um Coy und darum, was in diesem Moment mit ihm passieren könnte.

Ich wurde auf ein kleines Bett geworfen. Dann wurde etwas um meine Taille gewickelt und ich hörte das Klicken eines Schlosses. „Das hast du sehr gut vorbereitet, Schwester", hörte ich meinen Vater mit Misstrauen in seiner Stimme sagen. „Wer hätte gedacht, dass du so viel Erfahrung mit Fesseln hast?"

„Das geht dich nichts an. Verschwindet jetzt alle. Ich werde mich um sie kümmern", sagte die Frau.

„Bist du sicher, dass du sie hier festhalten kannst? So lange es dauert?", fragte mein Vater.

Ich hatte keine Ahnung, wovon er sprach. Was würde so lange dauern? Ich wand und drehte mich auf dem Bett bei dem Versuch, mich zu befreien. Ihre Stimme war direkt neben meinem Kopf. „Tu das nicht oder ich werde die Ketten fester ziehen, Lila."

„Hilda", sagte mein Vater und ich wusste endlich, wo ich war. Ich war bei meiner Tante Hilda. „Pass auf sie auf – gib ihr genug zu essen und Wasser. Ich will meine Tochter gesund zurück, wenn alles vorbei ist."

„Ich werde sie nicht umbringen, falls du das denkst."

Das Geräusch ihrer Schritte, die sich von mir entfernten, ließ mich erleichtert aufatmen. Zumindest wusste ich, dass mir nichts Schlimmes passieren würde. Und solange ich etwas Kraft hatte, hatte ich eine Chance zu fliehen.

Es half mir, genau zu wissen, wo ich war. Meine Tante war nach Shreveport gezogen, als ich noch ein Baby gewesen war. Sie war seitdem nie mehr nach Carthage gekommen, aber wir waren in den letzten Jahren in den Ferien zu ihrem Haus gefahren. Ich erinnerte mich, dass es ungefähr eine Stunde dorthin gedauert hatte.

Ich bin nur eine Stunde von zu Hause entfernt.

Zum ersten Mal war ich dankbar, dass ich nie ein Auto gehabt hatte. Ich war daran gewöhnt zu laufen. Ich konnte an einem Tag mehrere Meilen zu Fuß zurücklegen, ohne müde zu werden. Wenn ich es bis zum Highway schaffen könnte, würde mich bestimmt jemand nach Carthage mitnehmen.

Ich muss mich nur befreien.

„Lass uns die Tüte von deinem Kopf nehmen", sagte Hilda, als sie zurück ins Zimmer kam.

Ich blinzelte, als die nackte Glühbirne über dem Bett mich blendete, sobald sie mir die Tüte vom Kopf zog. Sie nahm den Knebel aus meinem Mund und warf ihn auf den Boden. „Danke." Ich dachte, wenn ich höflich zu ihr wäre, würde sie mich eher früher als später von den Ketten befreien. „Tante Hilda, warum haben sie mir das angetan?"

„Du hast dich in den Falschen verliebt, Schatz. Deshalb bist du hier." Sie nahm eine große Schere und schnitt die Kabelbinder durch, die meine Handgelenke und Knöchel fesselten. „Die Kette um deine Taille ermöglicht es dir, dich genug zu bewegen, um zu dem Mülleimer dort drüben zu gelangen. Du wirst ihn als Toilette benutzen."

Ich starrte auf den kleinen Mülleimer. „Dieses Ding?" Ich konnte den Ekel nicht von meiner Stimme fernhalten. „Warum kann ich nicht im Badezimmer auf die Toilette gehen?"

„Weil die Kette nicht so weit reicht." Sie ging zur Tür und drehte sich zu mir um. „Nimm meinen Rat an, Lila. Schlage dir den Gentry-Jungen aus dem Kopf. Er wird dir nur Schmerz, Trauer und Einsamkeit bringen. Und du wirst diese Art von Leben nicht mögen – glaube mir. Ich bin gleich mit deinem Frühstück zurück."

Ich hatte überhaupt keinen Hunger. Ich wollte nur mehr darüber erfahren, was mich hierhergebracht hatte. „Tante Hilda, woher weißt du von den Gentrys? Kanntest du Coys Vater?"

„Nein." Sie ging weg und überließ mich meinen Gedanken.

Ich wusste, dass sie mit jemandem in dieser Familie zu tun gehabt haben musste, und es war wohl nicht gut gelaufen. Tatsächlich musste es schrecklich gelaufen sein. Es gab keinen anderen Grund für diesen Wahnsinn.

Das bedeutete, dass sie Coys Vater oder Großvater gekannt hatte, weil es sonst niemanden gab. Und die Vorstellung, dass sie eine Affäre mit dem Großvater gehabt hatte, war ziemlich widerlich.

Als ich dort lag und herauszufinden versuchte, welches Geheimnis zu all dem geführt hatte, dachte ich darüber nach, was ich über Hilda wusste. Sie hatte ihr ganzes Leben in Carthage verbracht und war dann plötzlich weggezogen.

Ich hatte meine Mutter und meinen Vater manchmal darüber reden hören. Beide fragten sich, warum sie umgezogen war, obwohl sie in Shreveport niemanden gekannt hatte.

Ich schloss meine Augen. Ihre verdammten Geheimnisse waren mir egal. Ich wollte nur wissen, ob es Coy gut ging oder nicht. „Tante Hilda", rief ich.

Sie kam zur Tür zurück und lehnte sich an den Rahmen. „Ja?"

„Geht es Coy gut? Ich muss es wissen."

Sie lachte, als wäre das die dümmste Frage, die sie jemals gehört hatte. „Er ist ein Gentry. Natürlich geht es ihm gut. Du wurdest entfernt, damit er dich nicht erreichen kann, aber ihm ist nichts passiert. Ich nehme an, sein Herz wird schmerzen, wenn er feststellt, dass du wortlos weggezogen bist, aber der Junge wird sowieso bald aufs College gehen. Er wird jemanden kennenlernen und keinen Gedanken mehr an dich verschwenden. Dann kannst du zu deinem Vater und deiner Mutter nach Hause zurückkehren. Aber erst dann."

„Also muss ich an dieses Bett gekettet bleiben, bis das passiert?" Ich hatte noch nie Angst vor jemandem in meiner Familie gehabt, aber alles, was in den letzten paar Stunden passiert war, war so bizarr gewesen, dass ich nicht mehr wusste, wie ich mich fühlen sollte. Ich begann, mich zu fragen, wie sicher ich hier war – ich war nicht mehr davon überzeugt, dass mir Tante Hilda keinen Schaden zufügen würde. Dies war kein Schutz, dies war eine Bestrafung.

„Ich denke, das hängt von dir ab, Schatz." Sie grinste, als hätte sie überhaupt kein Mitgefühl. „Davon, ob du die Wahrheit erkennst oder nicht. Dies ist eine Lektion darüber, sich in einen Gentry zu verlieben. Damit ist nur Schmerz verbunden. Sobald du diese Lektion gelernt hast – wie lange es auch dauert –, wirst du keinen Wusch mehr verspüren, ihn in deinem Leben zu haben. Und er wird schon lange weitergezogen sein."

Ihre Worte erschreckten mich. Nicht weil ich ihnen glaubte – Coy war ein guter Mann, er würde mich niemals verletzen –, sondern wegen ihres Blicks, als sie sie sagte. Es war nichts als Trostlosigkeit in ihren Augen. Was auch immer Tante Hilda in der Vergangenheit passiert war – es hatte dazu geführt, dass sie jedes Wort, das sie sagte, für die Wahrheit hielt.

„Ich weiß nicht, welcher der Gentrys dich verletzt hat, Tante Hilda, aber ich kann dir versichern, dass Coy keinen von beiden mag. Er ist ein guter Mann. Ein fürsorglicher Mann. Er ist nicht wie sein Vater oder sein Großvater." Plötzlich kam mir der Gedanke in den Sinn, dass sie mit jemandem in Kontakt sein musste, wenn sie von Coys Plänen für das College wusste. „Mit wem im Gentry-Haus sprichst du?"

„Das geht dich nichts an. Du solltest darüber nachdenken, was du tust, wenn du nach Hause gebracht wirst. Du musst dir einen Job suchen, damit du selbst für dich sorgen kannst."

Das war vielleicht der erste gute Rat, den sie mir gegeben hatte. „Wo arbeitest du, Tante Hilda?"

„Ich arbeite nicht." Sie drehte sich um und ging weg. „Also wirst du hier im Haus nicht allein sein, falls du glaubst, du könntest fliehen. Ich bin jederzeit hier. Sogar meine Lebensmittel werden mir geliefert, um sicherzustellen, dass du keinen Moment für dich hast."

„Also bezahlt dich jemand dafür, mich hier festzuhalten." Ich wusste, dass meine Familie kein Geld für so etwas hatte. Aber die Gentrys hatten mehr als genug.

KAPITEL ACHTZEHN

Coy

Wie immer ging ich in den Park in der Stadt, wo Lila und ich uns jeden Morgen um sechs trafen – damit wir gemeinsam den Sonnenaufgang betrachten konnten. Aber sie war nicht da. Ich ging kurz nach Einbruch der Dunkelheit zu unserem üblichen zweiten Treffen des Tages zurück. Wieder war sie nicht da. Ich wartete bis Mitternacht auf sie und sie tauchte immer noch nicht auf.

Der nächste Tag verlief genauso und ich begann, mir wirklich Sorgen zu machen. Am Tag danach wollten wir heiraten. Ich wusste, dass ich etwas tun musste, um herauszufinden, wo sie war und was zum Teufel los war.

Hat sie es sich anders überlegt?

Wenn sie sich Sorgen wegen der Heirat machte, mussten wir es nicht tun. Ich liebte sie und wollte sie heiraten, aber ich wollte sie nicht zwingen oder sie unter Druck setzen, etwas zu tun, das sie nicht wollte.

Ich musste mit ihr sprechen, um sie das wissen zu lassen. Ich musste sie sehen, berühren und küssen. Es waren nur ein paar Tage vergangen, aber ich vermisste sie mehr, als ich jemals gedacht hätte.

Da ich wusste, wo sie wohnte, parkte ich an dem Morgen, an dem wir heiraten sollten, in der Nähe des kleinen Hauses ihrer Familie. Ich wartete darauf, dass jemand herauskam, und sah schließlich zwei Teenager, die in die entgegengesetzte Richtung meines Trucks gingen.

Ich folgte ihnen in einiger Entfernung und fuhr langsam, damit sie mich nicht bemerkten. Einer der Jungen trennte sich von dem anderen, marschierte zu einem Haus und ging hinein, während der andere weiterging.

Ich nutzte meine Chance, hielt neben dem Jungen an und kurbelte mein Fenster herunter. „Hallo. Du bist Lilas kleiner Bruder, oder?"

„Ja." Er sah meinen Truck an. „Du bist der Kerl, den sie nicht mehr sehen will, nicht wahr?"

Ich schüttelte den Kopf. „Ist deine Schwester zu Hause?"

„Meine Schwester ist vor ein paar Tagen weggezogen. Dad hat uns gesagt, dass sie aus dieser Stadt weg will." Sein Stirnrunzeln sagte mir, dass er seine Schwester vermisste. „Wegen eines Kerls."

„Hat sie sich nicht von dir verabschiedet?"

„Nein. Dad sagte, dass sie ihn in der Nacht aufgeweckt und geweint hat. Sie wollte weggehen, weil sie diesem Kerl, mit dem sie zusammen gewesen war, nicht mehr begegnen wollte. Also brachte Dad sie zu unserer Tante. Er sagte uns, wenn es ihrem Herzen bessergeht, wird sie zurückkommen. Aber das könnte lange dauern."

Auf keinen Fall glaubte ich diese Geschichte. Aber dieser Junge schien sie zu glauben. „Du vermisst sie, nicht wahr?"

„Ja. Lila ist eine großartige Schwester. Sie ist immer mit mir und meinem Bruder zusammen, auch wenn sonst niemand Zeit für uns hat. Und sie kocht auch für uns. Sie macht die besten gegrillten Käsesandwiches der Welt." Er wischte sich mit den Handflächen über die Augen. „Ich dachte nicht, dass sie traurig war. Ich hatte sie noch nie glücklicher gesehen. Aber ich bin nur ein Kind. Was weiß ich über solche Dinge."

Ich wette, er wusste viel mehr, als ihm klar war.

Ich musste herausfinden, wohin genau sie gegangen war. „Ich würde ihr gerne schreiben. Wir waren Freunde." Ich wollte nicht, dass er mich für den Kerl hielt, vor dem sie weggelaufen war. „Ich möchte mit ihr in Kontakt bleiben. Lass sie einfach wissen, dass sie hier vermisst wird."

„Oh." Er schaute auf den Boden und wischte mit seinen nackten Füßen darüber, sodass Staub aufwirbelte.

Er hatte offenbar keinen Verdacht. „Denkst du, dass du die Adresse für mich herausfinden kannst? Ich könnte dich heute Abend kurz vor Einbruch der Dunkelheit im Park am Ende der Straße treffen, damit du sie mir geben kannst. Ich habe ein paar Dollar, die ich dir schenke, wenn du das für mich tust."

Seine dunklen Augen leuchteten auf. „Du bezahlst mich dafür, dass ich dir die Adresse besorge?"

„Sicher." Er musste es aber geheim halten. „Ich gebe dir zwanzig Dollar, wenn du sie mir beschaffst, ohne dass jemand davon erfährt." Ich griff in meine Tasche, zog einen Zehn-Dollar-Schein heraus und hielt ihn ihm hin. „Hier, nimm das als Zeichen meines Vertrauens. Ich gebe dir zwanzig Dollar mehr, wenn du mit der Adresse in den Park kommst. Schreibe sie auf, damit du nichts davon vergisst."

Die Art, wie er auf das Geld in seiner Hand starrte, sagte mir, dass er es nicht gewohnt war, so viel davon dort zu sehen. „Wow!"

„Ich weiß. Warte, bis du den doppelten Betrag in der Hand hast. Haben wir einen Deal? Wie heißt du übrigens?"

„Paul." Er sah mich an. „Und dein Name ist …?"

„John", log ich. „Wir sehen uns kurz vor Einbruch der Dunkelheit im Park. Wenn wir einen Deal haben."

„Wir haben einen Deal! Ich werde dort sein. Ich weiß, dass sie bei der Schwester meines Vaters wohnt – Tante Hilda. Sie lebt in Shreveport, Louisiana."

Das ist nur etwa eine Stunde entfernt!

„Cool. Mal sehen, ob du mir die Adresse geben kannst,
damit ich ihr einen Brief schicken kann. Ich werde ihr
schreiben, dass du mir geholfen hast, Paul. Möchtest du, dass
ich ihr von dir erzähle?"

„Sag ihr, dass ich sie liebe und dass ich sie und ihre
gegrillten Käsesandwiches vermisse. Und ich hoffe, dass es
ihrem Herzen bald bessergeht, damit sie nach Hause
zurückkommen kann."

„Das mache ich. Bis später, Paul." Ich fuhr weg und fühlte
mich etwas besser.

Ich war mir ziemlich sicher, dass jemand ihrem Vater von
uns erzählt hatte. Und ich war mir sicher, dass er Lila gegen
ihren Willen zu seiner Schwester gebracht hatte.

Als ich nach Hause fuhr, musste ich mich fragen, ob mein
Vater oder sogar meine Mutter etwas damit zu tun hatten, dass
Lilas Vater von uns erfahren hatte. Ich hatte gerade erst abends
mit meinen Eltern gesprochen, bevor Lila nicht mehr zu
unserem Treffen aufgetaucht war – laut ihrem kleinen Bruder
hatte sie noch in derselben Nacht ihren Vater dazu gebracht,
sie wegzubringen.

Könnten meine Eltern wirklich so herzlos sein?

Sobald ich nach Hause kam, ging ich direkt in mein
Zimmer, ohne mit jemandem reden zu wollen. Ich zog meine
Stiefel an der Tür aus und fiel mit dem Gesicht zuerst auf
mein Bett.

Nichts ergab Sinn. Ich hatte das Gefühl, meine eigene
Familie nicht zu kennen. Sicher, ich war im Internat
aufgewachsen, aber ich hatte den Sommer mit meiner Familie
verbracht und auch alle Feiertage. Im ersten Jahr war ich sogar
abgeholt worden, um an den Wochenenden zu Hause zu sein.
Aber in all dieser Zeit hatte ich es versäumt, herauszufinden,
wie meine Familie wirklich war.

Meine Mutter und mein Vater waren für mich immer
starke Menschen gewesen. Aber jetzt konnte ich sehen, dass

mein Vater meine Mutter beherrschte. Die starke Fassade meiner Mutter war trügerisch.

Mein Vater sagte immer die richtigen Worte zu mir und behauptete, alles zu meinem Besten zu tun. Aber das waren nur Lippenbekenntnisse.

Wenn es darauf ankam, war alles, was er tat, in seinem eigenen Interesse. Es hätte sie nichts angehen sollen, mit wem ich mich verabredete. Und jetzt schien es, als würde meine eigene Familie so weit gehen, mir das Mädchen wegzunehmen, das mir in meinem Leben am meisten bedeutete.

Noch schlimmer war, dass sie Lila möglicherweise von allen Menschen vertrieben hatten, die sie kannte und liebte. Sie hatte Freunde und Familie in Carthage. Ich wusste nur, dass jemand in meiner eigenen Familie dafür gesorgt haben musste, dass ihr Vater sie aus der Stadt weggebracht hatte.

Was auch immer unsere Familien zu Feinden gemacht hatte, hatte mit keinem von uns etwas zu tun. Wir hätten nicht in ihre dumme Fehde hineingeraten sollen. Wir hätten in Ruhe gelassen werden sollen.

Ich drehte mich um und sah auf die Uhr auf meinem Nachttisch.

Mittag. Zu diesem Zeitpunkt hätten wir heute schon verheiratet sein sollen.

Ich stand auf und ging zu meiner Kommode. Ich hatte in der mittleren Schublade einen falschen Boden eingebaut, um alles zu verbergen, was meine Eltern nicht finden sollten. Die Tausenden von Dollar, die ich in bar hatte, die Heiratslizenz und die Eheringe, die ich erst zwei Tage zuvor gekauft hatte.

Ich war so aufgeregt gewesen, sie Lila zu zeigen. Aber ich hatte nie die Chance dazu bekommen.

Das war ungerecht, unfair und inakzeptabel. Ich musste dem ein Ende setzen. Ich konnte meine Familie nicht so weitermachen lassen.

Und vor allem musste ich sicherstellen, dass es Lila gutging.

In der Ferne hörte ich ein Telefon klingeln und wusste, dass das Geräusch aus dem Schlafzimmer meiner Eltern im Flur kam. Seit meine Mutter verletzt war und im Rollstuhl saß, war mein Vater der Einzige, der diesen Raum benutzte.

Als ich das Klingeln hörte, stand ich auf und schlich mich an der Wand entlang, wobei ich darauf achtete, keine Geräusche zu machen. Ich presste mein Ohr an die Tür und hörte meinen Vater sprechen. „Das ist keine Einladung, mit mir in Kontakt zu bleiben."

Wem würde er so etwas sagen?

„Er ist hier. Ja, ich bin mir sicher. Ich habe seinen Truck in der Einfahrt gesehen. Wie sollte er jemals dein Haus finden?"

Meine Nackenhaare stellten sich auf. Ich war mir sicher, dass er mit der Person sprach, die Lila hatte. Und laut Paul war sie bei ihrer Tante Hilda.

„Es ist egal, was sie sagt. Er hat keine Ahnung, wer du bist oder wo du bist. Außerdem werde ich vorschlagen, dass er und ich einen Ausflug nach Lubbock machen, um sein neues Haus zu besichtigen. Ich denke, das wird ihm helfen, sich von ihr abzulenken."

Ich wusste es!

„Was meinst du damit, dass du eine Waffe hast?", fragte mein Vater besorgt. „Wenn er sie irgendwie findet, solltest du ihr besser kein Haar krümmen. Hörst du mich?"

Das klang überhaupt nicht gut. Nicht nur, weil ich anscheinend in Gefahr war, sondern auch, weil diese Person, die Lila von mir fernhielt – Hilda – keine Skrupel hatte, Gewalt anzuwenden. Und das belastete mich enorm. Wer würde Lila beschützen, wenn ich nicht da war?

„Öffne einfach nicht die Tür, wenn er dich irgendwie findet. Lass ihn nicht rein. Tu so, als wäre niemand zu Hause, um Gottes willen. Muss ich dir zu jeder Kleinigkeit explizite Anweisungen geben? Verdammt."

Obwohl ich die Worte aus dem Mund meines Vaters hörte, war es unglaublich schwer zu glauben, dass er jemandem so etwas Schreckliches antun würde – nicht nur seinem einzigen Kind, sondern auch Lila.

Er hat jemanden, der sein Haus nicht verlassen darf, nur um sie von mir fernzuhalten.

Ich hatte keine Ahnung, was ich tun sollte. Ich liebte Lila von ganzem Herzen. Ich würde alles für sie tun. Ich würde mein Leben für sie geben.

Sie hatte es nicht verdient, so behandelt zu werden. Sie hatte es nicht verdient, aus ihrem Zuhause und der Stadt, in der sie aufgewachsen war, vertrieben zu werden. Sie hatte nichts davon verdient.

Ich hatte mich schon schrecklich gefühlt, weil meine Familie sie nicht akzeptieren wollte. Und jetzt hatten sie ihr ganzes Leben auf den Kopf gestellt.

Ich fühlte mich, als wäre ich eine Art Gift für sie. Ich wollte sie nur lieben. Aber die Leute, von denen ich abstammte, hatten es nicht nur verboten, sondern alles getan, um es zu beenden.

Mein Vater hatte kein Herz. Jeder Mensch, der seinem Kind etwas so Abscheuliches antat, war böse.

Alles, was Lila und ich wollten, war, uns zu lieben, so wie es alle anderen auch taten. Wir verlangten nicht viel – und doch war es uns nicht vergönnt.

Zum ersten Mal fragte ich mich, ob es vielleicht besser für Lila wäre, wenn ich mich aus ihrem Leben heraushalten würde.

KAPITEL NEUNZEHN

Lila

In einem weißen Baumwollkleid ging ich einen leeren Gang hinunter, um Coy zu treffen, der vorne im Raum stand. Er trug Anzug und Krawatte und sah besser aus, als je zuvor.

Mein Herz raste, als ich zu ihm ging und seine Hand nahm. „Coy Gentry, ich nehme dich zum Ehemann."

„Und ich nehme dich, Lila Stevens, zur Ehefrau."

Wir küssten uns und bevor ich mich versah, lagen wir nackt im Bett und lachten, während wir uns liebten. Sonnenlicht schien durch das Fenster, als die Vögel draußen zwitscherten und sangen.

Das Leben würde jetzt, da wir endlich wieder vereint waren, besser sein. Alles würde sich ändern. Coy und ich würden endlich selbst über unsere Zukunft bestimmen.

„Ich liebe dich, Lila Gentry." Coy sah auf mich herunter, als er seinen Körper über meinen schob.

Er drang in mich ein und entlockte mir ein Stöhnen. „Ich liebe dich auch, mein wundervoller Ehemann."

Wir bewegten uns wie Wellen auf dem Meer, liebten uns, hielten uns fest, lachten und weinten sogar, weil alles so schön war. Wir waren Ehemann und Ehefrau – niemand konnte mehr zwischen uns kommen. Niemand konnte trennen, was Gott zusammengefügt hatte …

„Wach auf", hörte ich jemanden sagen.

Erschrocken wachte ich mit Tränen in den Augen auf. Als ich sie wegwischte und mir klar wurde, dass es nur ein Traum gewesen war, breitete sich Enttäuschung in mir aus.

Coy und ich hätten an diesem Tag heiraten sollen. Aber ich war immer noch gefesselt und konnte nicht zu dem Gerichtsgebäude gelangen, in dem wir uns für acht Uhr verabredet hatten.

Hilda stellte den Teller mit dem Essen auf den Nachttisch. „Hier."

„Wie spät ist es?", fragte ich, als ich mich aufsetzte.

„Ist das wichtig?" Sie ging zu dem kleinen Fernseher, den sie mir gebracht hatte. Sie schaltete ihn ein und stand einen Moment davor. „Tage vergehen. Zeit vergeht. Und nichts – absolut nichts – ändert sich." Sie drehte sich zu mir um. „So ist das Leben, wenn man einen Gentry-Mann liebt."

„Wann wirst du mir sagen, was zwischen dir und Mr. Gentry passiert ist?" Ich war mir immer noch nicht sicher, mit welchem von ihnen sie zusammen gewesen war.

„Iss deine Eier, bevor sie kalt werden." Sie verließ den Raum und kam mit einem Eimer Wasser, einem Waschlappen und sauberen Kleidern für mich zurück. „Wasche dich nach dem Essen und ziehe das hier an. Du stinkst."

„Es sind drei Tage vergangen." Ich würde mich nicht dafür schämen zu stinken, wenn mir das Badezimmer und frische Kleidung vorenthalten worden waren.

Sie ging zu dem Mülleimer, der als meine Toilette diente, und hielt ihn von sich weg, als sie damit den Raum verließ. Wieder schämte ich mich nicht, das Einzige verwendet zu haben, was sie mir gab – es war ihre Schande, nicht meine.

Ich lächelte. Wenn das Zimmer zu sehr stank, würde sie mich vielleicht von der Kette lassen, wenn auch nur, damit ich es selbst reinigte. Und dann würde ich ihr mit allem, was ich in die Hände bekam, auf den Kopf schlagen und weglaufen.

Ich sah auf das Höschen, das sie mir gegeben hatte. Es war riesig und in einem hässlichen Braunton gehalten. Das andere Kleidungsstück war ein altes, abgenutztes graues Nachthemd.

Sie dachte wahrscheinlich, ich würde es nicht wagen, in einem so fürchterlichen Outfit nach draußen zu rennen. Aber sie irrte sich. Selbst wenn ich überhaupt keine Kleidung trug, würde ich davonlaufen, sobald ich die Chance dazu hatte. Ich würde Äste verwenden, um meinen Körper zu bedecken, wenn ich müsste.

Als sie mit dem gereinigten Mülleimer und einem neuen Müllsack zurückkam, stellte sie ihn genau dorthin zurück, wo er gewesen war. „Bist du immer noch nicht fertig mit dem Essen?"

„Nein." Ich sah keinen Grund, mich zu beeilen. Ich war höflich gewesen und das hatte mich nirgendwohin gebracht, aber ich versuchte es trotzdem. „Ich glaube nicht, dass dir genug für deine Mühen bezahlt wird. Oder doch?"

Sie lachte. „Ich muss dir zustimmen. Aber ich habe hier nicht das Kommando."

„Wer dann?"

„Jemand." Sie ließ mich wieder allein.

Ich ließ mir Zeit beim Essen. Dann zog ich die Kleidung aus, die ich in der Nacht getragen hatte, als ich aus meinem eigenen Bett entführt worden war. Ich warf sie in den Mülleimer und sah keinen Grund, sie zu behalten. Sie war verschmutzt und von den Grobheiten, die ich durchgemacht hatte, zerrissen.

Ich wusch meinen Körper mit kaltem Wasser und versuchte, nicht zu weinen. Ich musste stark sein. Ich konnte jetzt nicht aufgeben. Anscheinend wollten sie meinen Willen brechen und meine Liebe zu Coy zerstören. Das würde aber nicht funktionieren.

Ich wusste, dass er auf mich warten würde. Ich wusste, dass

er niemanden finden würde, den er lieben könnte, solange die Dinge zwischen uns ungewiss waren. Egal was ihm gesagt wurde, ich wusste, dass sein Herz mir gehörte, genau wie mein Herz ihm gehörte. Ich musste daran glauben, dass er genauso dachte.

Seine Eltern verstanden ihn überhaupt nicht. Er war ein leidenschaftlicher, unabhängiger Mann, der sich für das einsetzte, woran er glaubte. Er war so, wie er war, weil sie ihm als kleines Kind etwas Schreckliches angetan hatten. Ihn mit nur sechs Jahren wegzuschicken, um bei Fremden zu leben, hatte ihn zu einem ungewöhnlichen jungen Mann gemacht.

Er hatte sich nie wirklich geliebt gefühlt. Und jetzt, da er meine Liebe gespürt hatte, würde er sie nicht mehr loslassen. Ich betete, dass er wusste, dass ich sie auch nicht loslassen würde.

Sie konnten uns nicht für immer auseinanderhalten. Meine Freunde würden meine Eltern nach mir fragen. Janine würde meine Familie so lange belästigen, bis sie ihr sagten, wo ich war. Oder sie würde zu ihren Eltern gehen und um ihre Hilfe bei der Suche nach mir bitten.

Ich hatte auch große Hoffnungen, dass Coy nicht den Unsinn glauben würde, den sie ihm bestimmt über mein Verschwinden erzählten. Ich hoffte, er würde wissen, dass mein Vater mich irgendwohin gebracht hatte. Vielleicht würde er sogar zur Polizei gehen.

Jemand musste etwas unternehmen. Jemand musste mich vermissen und wissen wollen, wo ich war. Ich hatte gute Freunde. Ich wusste, dass sie sich zusammenschließen und Antworten darüber verlangen könnten, wo ich war.

Aber werden sie das wirklich tun?

All meine Freunde wussten, dass mein Vater ein echtes Arschloch sein konnte. Und er hatte die Kontrolle über meine älteren Brüder und machte sie auch zu echten Arschlöchern. Es bestand also die Möglichkeit, dass sie sich nicht mit ihnen anlegen wollten, und deshalb möglicherweise gar nicht so sehr versuchten, Informationen über mich zu erhalten.

Meine Gedanken machten mich wütend. Ich dachte in einem Moment positiv und dann hatte ich plötzlich das Gefühl, allein und hilflos über eine trostlose Straße zu wandern.

Mich mit einer Eisenkette um die Taille anzuziehen war schrecklich mühsam und als ich sah, wie Hilda mich angrinste, als sie zurück in den Raum kam, biss ich die Zähne zusammen. „Weißt du, eine echte Dusche wäre schön."

„Das kann ich mir vorstellen. Denke nur daran, wie herrlich es sich anfühlen wird, wenn du seit Monaten keine mehr gehabt hast." Sie sah sich im Raum um. „Wo sind deine schmutzigen Kleider?"

„Ich habe sie weggeworfen." Ich schob das Kleid über meinen Körper, nachdem ich es durch die Kette gezerrt hatte, die nur einen Zentimeter Abstand zu meinem Körper hatte.

Sie holte die Kleider aus dem Mülleimer. „Ich werde sie waschen. Du wirst sie wieder tragen."

Ich wollte nicht meinen Atem verschwenden, um mit ihr zu streiten. Es war ohnehin egal, was zum Teufel ich trug. „Warum tust du mir das an, Hilda?"

Sie blieb stehen und sah mich an. „Warum solltest du etwas bekommen, das ich nicht haben konnte?" Und dann ging sie.

Ich setzte mich auf das Bett und fragte mich, was genau das bedeutete.

Wollte sie einst Coys Vater oder Großvater heiraten?

Da mir niemand erzählt hatte, warum ich weggebracht worden war, hatte ich keine Ahnung, was genau sie über mich und Coy wussten. Vielleicht wusste niemand etwas über die Heirat, die wir geplant hatten. Vielleicht hatten sie nur herausgefunden, dass wir uns heimlich sahen.

Meinte sie damit, dass sie eine geheime Beziehung zu einem der Gentry-Männer gewollt und nicht bekommen hatte?

Als ich auf das Bett zurückfiel, legte ich meine Hand auf

meine Stirn. Mein Kopf schmerzte von all den wirren Gedanken.

Ich wusste eines: Es war egal, was Hilda oder einer der Gentrys in der Vergangenheit getan hatte. Was wichtig war, waren Coy und ich. Was zählte, war mein Leben. Und das bedeutete, dass ich herausfinden musste, wie ich aus der verdammten Eisenkette und dem verdammten Haus entkommen konnte.

Ich fühlte mich frustriert und sagte laut zu mir selbst: „Coy wird erfahren, wo ich bin, und er wird kommen und mich holen."

Schließlich fand ich heraus, wie spät es war. Als die Seifenoper, die meine Mutter gern sah, in dem kleinen Fernseher erschien, wusste ich, dass es Mittag war.

Und nicht lange nach Beginn der Sendung hörte ich, wie Hilda mit jemandem telefonierte. „Hey, ich bin's." Es gab eine Pause, bevor sie hinzufügte: „Ist er gerade bei dir? Bist du sicher? Ich weiß es nicht. Ich meine, sie hat etwas darüber gesagt, dass er kommt, um sie zu holen. Das macht mir Sorgen."

Sie musste mit jemandem von Coys Familie sprechen.

„Ich habe eine Waffe. Ich werde sie benutzen, wenn ich muss", sagte sie und Angst regte sich in mir, als ich mich aufsetzte und versuchte, jedes einzelne Wort zu hören.

Würde sie Coy wirklich erschießen, wenn er mich retten wollte? Würde sie mich erschießen, wenn ich versuchen würde zu fliehen?

Ich hatte nie so über jemanden in meiner Familie gedacht, aber sie hatte mich an ein Bett gefesselt und zwang mich, einen Mülleimer als Toilette zu benutzen. Ich konnte nicht einschätzen, was sie als Nächstes tun würde.

„Ich höre dich. Aber was soll ich tun, wenn er hier auftaucht?"

Hat sie wirklich Grund zu der Annahme, dass Coy mich hier finden könnte?

„Es tut mir leid, dass ich dich angerufen habe. Ich werde

mich wie immer selbst darum kümmern." Ich hörte, wie sie den Hörer auf das Telefon schlug und leise fluchte.

„Verdammt sei dieser egoistische Mann. Er soll zur Hölle fahren für alles, was er mir angetan hat. Wann endet diese Folter?"

Jetzt wusste ich mit Sicherheit, dass etwas zwischen meiner Tante und einem von Coys Verwandten vorgefallen war. Mein Bauch sagte mir, dass es sein Vater war, mit dem Hilda eine Vergangenheit hatte.

Wenn Coys Vater gegen unsere Beziehung war, dann ergab es Sinn, dass sein Vater vor ihm genauso empfunden haben musste, als er meine Tante gesehen hatte. Sie war auch von der armen Seite der Stadt gewesen, genau wie ich.

Es musste auch den beiden verboten worden sein, zusammen zu sein. Aber hatten sie sich wirklich voneinander ferngehalten oder hatten sie eine geheime Beziehung gehabt, so wie Coy und ich?

Und warum kümmert mich das immer noch?

Es spielte keine Rolle. Wen kümmerte es, wie ihre Vergangenheit ausgesehen hatte?

Die Wahrheit zu kennen, würde mir nicht dabei helfen, aus dieser Situation herauszukommen. Coy und ich wollten nicht den archaischen Regeln der Gentry-Familie folgen. Wir würden heiraten und unser eigenes Leben führen – weit weg von Carthage –, wenn unsere Ehe von unseren Familien nicht akzeptiert werden würde.

Wir hatten unsere Liebe. Wir hatten jede Menge davon. Und wenn man so eine Liebe hatte wie wir, brauchte man sonst nichts und niemanden. Davon allein konnte man leben.

Irgendwie musste ich mich befreien. Coy und ich mussten unseren Familien zeigen, dass Liebe nicht aufzuhalten war. Nicht, wenn sie so wahr und treu war wie unsere Liebe.

Ich schloss meine Augen und stellte mir Coys Gesicht vor, als ich schweigend wiederholte: *Ich bin bei meiner Tante Hilda in Shreveport. Komm und finde mich. Durchsuche die Sachen deines Vaters, um die Adresse zu finden, wenn du musst. Ich hege keinen Zweifel daran, dass er sie hat.*

Der Anruf, den ich gehört hatte, bestätigte auch meinen Verdacht, dass Coys Vater meine Tante dafür bezahlte, mich von Coy fernzuhalten. Bestimmt hatte er für meine Tante schon eine Menge Dinge bezahlt, von denen seine Frau nichts wusste.

Wenn Sie mich weiter so behandeln, werde ich Ihrer Ehe ein Ende setzen, Mr. Gentry!

KAPITEL ZWANZIG

Coy

Wut schoss durch meine Adern, als ich vor der Tür meines
Vaters stand. Ich klopfte kurz, bevor ich sie öffnete und eintrat.
„Wem hast du verraten, wo ich bin?"

Er stand in seinem Schlafzimmer am Schreibtisch und sah
mich mit großen Augen an – Augen, in denen Nervosität
aufblitzte. „Ich habe niemandem etwas über dich verraten,
Coy."

Ich hatte ein gutes Gedächtnis, also würde er damit nicht
durchkommen. „Ich habe gehört, wie du genau diese Worte
gesagt hast: *Er ist hier. Ja, ich bin mir sicher. Ich habe seinen Truck in
der Einfahrt gesehen. Wie sollte er jemals dein Haus finden?"*

„*Er* könnte jeder sein, Coy. Warum denkst du, dass ich über
dich gesprochen habe?" Er versuchte alles, um mich davon zu
überzeugen, dass ich falsch lag. Aber es waren seine dunklen,
weit geöffneten Augen, die mir sagten, dass ich recht hatte.

„Okay, dann sag mir, wer *sie* ist. Ich habe alles gehört, was
du gerade bei diesem Anruf gesagt hast. Darüber, dass ich
nicht weiß, wer die Person am Telefon war, über deine Idee
einer kleinen Reise nach Lubbock, um mich von *ihr*

abzulenken. Wer hat außer mir noch ein neues Haus in Lubbock? Und wessen Aufmerksamkeit soll von einem Mädchen abgelenkt werden? Versuche nicht, mich anzulügen, Dad. Ich habe dich durchschaut."

„Du bist unvernünftig und benimmst dich wie ein wildes Tier, mein Sohn. Du musst dich beruhigen und ich werde dir das Gespräch erklären, das du belauscht hast – ein Gespräch, das privat sein sollte."

„Oh, ich bin sicher, du wolltest, dass dieses Gespräch privat bleibt, Dad. Besonders der Teil über eine Waffe."

Mein Vater wandte sich von mir ab, damit ich den schockierten und ziemlich erbärmlichen Ausdruck auf seinem Gesicht nicht mehr sehen konnte. „Das hast du nicht richtig verstanden, mein Sohn. Ich habe nie etwas über eine Waffe gesagt. Ich weiß nicht, warum du denkst, du kannst dich an so viel von dem erinnern, was gesagt wurde, wenn du es nicht richtig verstanden hast. Ich habe über einen Ranch-Arbeiter gesprochen, der familiäre Probleme hat. Es steht mir nicht zu, mit dir über seine privaten Angelegenheiten zu sprechen, sonst würde ich dir die ganze schmutzige Geschichte erzählen."

„Dad, ich war im Internat in der Theatergruppe, nicht dass du jemals zu einer unserer Aufführungen gekommen bist. Ich habe ein großartiges Gedächtnis für Worte, daher weiß ich, dass ich mich an alles genau so erinnere, wie du es gemeint hast."

Er ging von mir weg, ignorierte, was ich gesagt hatte und nahm seine Autoschlüssel von der Kommode. „Ich habe heute viel zu tun, Coy, sonst würde ich gerne hierbleiben und dieses unsinnige kleine Spiel mit dir spielen."

„Sag mir, was der Name Hilda dir bedeutet, Dad." Ich atmete tief ein und bereitete mich auf seine Reaktion vor.

Er lachte, als wäre es ein Witz. „Ich bin mit Hilda Stevens zur Schule gegangen, wenn du das meinst. Sie ist die Tante dieses Mädchens. Ich weiß aber nicht, warum du mich nach ihr fragst."

„Ich habe Grund zu der Annahme, dass du viel mehr über diese Frau weißt, als du zugibst." Ich verschränkte die Arme und stellte mich vor die Tür, damit er nicht gehen konnte. „Ich würde gerne mehr über sie erfahren."

„Warum? Weil sie die Tante des Mädchens ist?", fragte er, als er sich auf das Bett setzte und die Arme vor der Brust verschränkte, sodass er meine Haltung nachahmte.

„Sicher." Er wusste jetzt, dass ich einen Verdacht hatte, und ich konnte sehen, dass es ihn unruhig machte. Ich beobachtete, wie seine Augen durch den Raum huschten, anstatt auf meinen Augen zu bleiben.

„Nun, sie war schüchtern und ruhig in der Schule. Ich habe sie nie viel sagen hören. Sie ist vor langer Zeit aus der Stadt weggezogen. Nicht, dass ich wüsste, warum. Ich habe es von anderen Leuten gehört. Ich weiß nicht viel über die meisten Menschen in dieser Stadt – Hilda Stevens eingeschlossen."

„Stevens?", fragte ich und fand das etwas seltsam. Paul hatte mir gesagt, dass Hilda die Schwester seines Vaters war, aber er hatte mir nicht gesagt, dass sie immer noch ihren Mädchennamen trug. „Sie ist in deinem Alter und hat immer noch ihren Mädchennamen?"

„Soweit ich weiß, hat sie nie geheiratet. Na und?", sagte er, als ob das überhaupt keine große Sache wäre.

„Na und? Warum hat sie nie geheiratet? Hatte sie nie einen Freund?" Mein Verdacht, dass mein Vater in der Vergangenheit mit der Familie Stevens zu tun gehabt hatte, wurde stärker.

„Ich weiß nicht, mein Sohn. Ich stand ihr nicht nahe. Ich habe direkt nach dem College geheiratet, wie du weißt. Es war mir egal, was irgendjemand in dieser Stadt tat. Ich muss jetzt los." Er stand vom Bett auf und ging auf mich zu. „Du kannst mir helfen, wenn du willst. In der Scheune kalbt eine Kuh und der Tierarzt braucht möglicherweise alle Hilfe, die er bekommen kann."

Das Letzte, was ich tun wollte, war, meinem Vater oder Großvater auf der Ranch zu helfen. Nicht, wenn die Ranch das war, was sie glauben ließ, besser als andere Menschen zu sein. „Nein danke."

Ich ging zurück in mein Zimmer. Da ich wusste, dass er in der Scheune beschäftigt sein würde, beschloss ich, ein paar Sachen zu packen und mich auf alles vorzubereiten, was kommen würde. Ich wusste nicht genau, was das sein würde, aber ich musste etwas unternehmen.

Ich sollte mich kurz vor Einbruch der Dunkelheit mit Lilas kleinem Bruder treffen. Dann hätte ich die Adresse. Ich könnte mich auf den Weg zu Lila machen und wenn ich sie gefunden hätte, würde ich sie nicht mehr hierherbringen. Ich wollte sie nicht an einen Ort zurückbringen, an dem sie nicht in Sicherheit war – erst, wenn ich ihr meinen Nachnamen gegeben hatte.

Ich hatte mich eines Tages mit den Schlüsseln für das Haus in Lubbock weggeschlichen, die mein Vater in der Schreibtischschublade in seinem Schlafzimmer aufbewahrte. Ich hatte ein paar Kopien für mich und Lila anfertigen lassen und sie mit unseren anderen Sachen in der Schublade versteckt.

Es war Zeit, die versteckten Gegenstände zu holen, damit ich sie jederzeit mitnehmen konnte. Ich war mir nicht sicher, wie sich die Dinge entwickeln würden und wollte auf alles vorbereitet sein.

Das Einzige, was ich mit Sicherheit wusste, war, dass ich vor niemandem zurückweichen würde, wenn ich mit Lila nach Hause kam. Und sie würde es auch nicht tun.

Wenn Lila noch bereit wäre, mich zu heiraten, würde ich sie erst nach Carthage zurückbringen, wenn wir offiziell verheiratet waren. Und wenn meine Eltern sich weigerten, unsere Ehe zu akzeptieren, wäre das ihr Verlust.

Am späten Abend, nachdem ich es geschafft hatte, alles zu

meinem Truck zu bringen, ging ich zum Wohnzimmer, um zu sehen, ob meine Mutter dort war.

Sie sah zu mir auf, als ich ins Zimmer kam. „Du siehst gut aus. Wohin gehst du heute Abend?"

„Ein paar Leute feiern eine Party. Dort wird getrunken. Ich werde bei einem meiner Freunde übernachten, damit ich nicht fahren muss. Ich muss mich verantwortungsvoll verhalten."

Sie nickte und fragte: „Wie heißt der Freund? Ich habe die meisten Leute in deiner Altersgruppe unterrichtet, weißt du."

Daran hatte ich nicht gedacht. „Oh, er heißt Paul. Er ist ursprünglich nicht von hier. Ich denke, deshalb verstehen wir uns so gut. Er ist eine Art Außenseiter – wie ich."

„Ich hoffe, du fühlst dich hier nicht wirklich wie ein Außenseiter, Coy. Du gehörst in diese Stadt, genau wie alle anderen. Du wirst eines Tages ein wichtiger Teil der Gemeinschaft sein, wenn du diese Ranch übernimmst. Du weißt, dass sie ein großer Arbeitgeber ist." Sie sah sich schnell um, als wollte sie sehen, ob jemand ihre nächsten Worte mithören würde. „Du kannst alles anders machen als dein Vater und dein Großvater, sobald du hier das Sagen hast."

Ich sah mich in dem großen Wohnzimmer um. Ich hatte diesen Ort nie als mein Zuhause angesehen und den größten Teil meiner Kindheit und Jugend im Internat verbracht. In meiner Wahrnehmung hatte ich nie ein richtiges Zuhause oder eine richtige Familie gehabt. Und ich hatte diesen Ort sicherlich nie als mein Eigentum angesehen.

Ich wusste auch so gut wie nichts darüber, wie man eine Ranch leitete. Ich konnte hier nur reiten und meinem Vater zuhören, wie er die Ranch-Arbeiter herumkommandierte. Vermutlich dachte er, er würde mir dadurch beibringen, alles so zu tun, wie er es tat. Aber da er nie irgendetwas erklärte, lernte ich überhaupt nichts.

Trotzdem gaben mir ihre Worte zu denken. Ich könnte alles anders machen als mein Vater. Sie wusste es nicht, aber genau das tat ich jetzt schon. Ich wollte nicht zulassen, dass sich die Geschichte wiederholte – nicht, dass ich genau gewusst hätte, was diese Geschichte war.

„Ja, ich weiß. Vielleicht lerne ich im College mehr. Ich habe einfach nicht so viel Erfahrung mit der Ranch wie Dad. Ich bin mir nicht sicher, ob ich dafür geeignet bin, sie zu leiten."

„Du wirst es lernen. Sobald du mit dem College fertig bist, wirst du nach Hause kommen und lernen, wie hier alles funktioniert. Es ist dein Erbe, Coy. Du wurdest geboren, um diese Ranch zu übernehmen."

Ich wollte sie nicht. Ich wollte nichts damit zu tun haben. Jetzt, da ich mir ziemlich sicher war, dass mein Vater versuchte, meine Beziehung zu Lila zu zerstören, wollte ich nichts mehr mit ihm oder meinen Großeltern zu tun haben.

Mom war die Einzige, bei der ich nicht sicher war, ob ich sie zu diesem Zeitpunkt aus meinem Leben verbannen wollte. Aber ich vertraute nicht einmal ihr vollständig.

„Ja, wir werden sehen, ob mir das College etwas bringt."

„Willst du nicht zum Abendessen bleiben und etwas essen, bevor du zu dieser Party gehst? Heute gibt es Steak und Ofenkartoffeln." Sie lächelte mich an und es tat meinem Herzen weh.

Meine Eltern versuchten, sich so zu verhalten, als hätten all die Auseinandersetzungen, die wir in den letzten Tagen gehabt hatten, und die Anschuldigungen, die ich erhoben hatte, überhaupt nicht stattgefunden. Ich wollte mich nicht so fühlen. Ich wollte, dass alles so war wie immer. Ich wollte die Familie, die ich zu haben geglaubt hatte. Ich wollte, dass es echt war. Und das schienen sie auch zu wollen.

So viel Unehrlichkeit. So viele Geheimnisse. Aber die Manipulationen, die Drohungen und die schrecklichen Taten waren einfach zu viel, um sie zu ertragen. Ich wollte nicht einmal mehr mit meiner Familie essen.

Es kostete mich all meine Kraft, so zu tun, als wäre nichts passiert. Aber ich wusste, dass ich das tun musste, wenn ich nicht wollte, dass sie mich daran hinderten – oder es zumindest versuchten –, das Haus zu verlassen.

Egal was mein Vater behaupten mochte, er wusste, dass ich recht hatte mit dem, was ich gehört hatte. Und das bedeutete, dass er denken würde, ich könnte ihm entwischen.

Es war nie meine Absicht gewesen, die Ehe meiner Eltern zu ruinieren. Aber wenn sie meine Beziehung zu der Frau, die ich liebte, ruinieren wollten, dann war es nur fair, den Spieß umzudrehen.

Wenn ich Lila bei ihrer Tante Hilda fand und Hilda mir gestand, dass sie eine Beziehung zu meinem Vater gehabt hatte, entweder vor seiner Heirat mit meiner Mutter oder danach, dann würde ich diese Informationen zu meinem Vorteil nutzen.

„Dort wird es genug zu essen geben, Mom. Bis morgen. Ich werde wahrscheinlich lange schlafen, also erwarte nicht, dass ich früh wieder hier bin. Du wirst mich wahrscheinlich erst am Nachmittag wiedersehen." Ich ging zu ihr und küsste ihre Wange. Mir kamen fast die Tränen.

Ich liebte meine Mutter. Als Einzige in diesem Haus hatte sie ein gutes Herz. Es war nur so, dass mein Vater wusste, wie er sie kontrollieren konnte. Wie er dieses gute Herz benutzen und sie dadurch beherrschen konnte.

„Ich liebe dich, Coy." Sie umarmte mich fest. „So sehr."

„Ich liebe dich auch, Mom." Ich erwiderte ihre Umarmung, zog mich dann zurück und drehte mich um, damit sie meine tränennassen Augen nicht sah.

Verdammt, ich hasse, dass es dazu gekommen ist.

KAPITEL EINUNDZWANZIG

Lila

Als ich nach dem Anruf eine Stunde lang hörte, wie meine Tante vor sich hin murmelte, hatte ich den deutlichen Eindruck, dass die Dinge zwischen ihr und Coys Vater viel ernster waren, als ich ursprünglich gedacht hatte.

Anfangs hatte ich vermutet, sie wäre vielleicht in jungen Jahren unglücklich in ihn verliebt gewesen. Jetzt bekam ich den Verdacht, dass es eine Affäre gegeben haben könnte. Oder vielleicht waren die beiden heimlich zusammen gewesen, bevor er aufs College gegangen und mit einer Braut zurückgekommen war. Aber sie murmelte Dinge, die den Anschein erweckten, als hätten sie eine sehr lange und äußerst intime Beziehung gehabt, die geendet hatte, bevor sie dafür bereit gewesen war.

Ich hörte, wie ein Topf auf den Herd geknallt wurde. Dann murmelte sie: „Ich habe alles für ihn aufgegeben." Etwas anderes klapperte und ich dachte, sie hätte es geworfen. „Kinder. Alles für ihn!"

Ich saß da und war fasziniert von dem, was sie sagte. *Sie hat Kinder für ihn aufgegeben? Wie?*

„Wie kann er mich immer noch so verletzen?", murmelte sie, als etwas anderes zu Boden fiel. „Warum lasse ich das zu?" Sie machte immer weiter und ich lauschte jedem Wort.

Schließlich kam sie mit dem Abendessen in mein Zimmer. „Ich habe den Hackbraten verbrannt. Die Kartoffeln sind zerkocht. Und die Tomatensauce ist versalzen." Sie stellte den Teller auf den Nachttisch und drehte sich um, um zu gehen.

„Tante Hilda, möchtest du deinen Teller hierherbringen und mit mir essen?" Ich wollte mehr wissen. Ich wollte, dass sie sich bei mir wohlfühlte und sich mir anvertraute.

Es war manipulativ, und das wusste ich auch. Aber ich brauchte Munition, um aus diesem Gefängnis zu entkommen.

„Ich wäre keine gute Gesellschaft. Und ich weiß nicht, warum du überhaupt mit mir essen möchtest. Immerhin bin ich deine Gefängniswärterin." Sie verließ mich, bevor mir etwas einfiel, das ich sagen konnte.

Aber sie kam mit einem Glas Wasser zurück, also bekam ich eine weitere Chance, ihr Vertrauen zu gewinnen. „Ich konnte hören, wie wütend du auf jemanden warst, mit dem du vorhin gesprochen hast. Ich habe Ohren. Und ich habe Mitleid mit einer Frau, die verletzt wurde. Warum kommst du nicht zu mir und erzählst mir, warum du so aufgebracht bist?"

Sie lehnte sich gegen den Türrahmen, legte den Kopf schief und faltete die Hände vor sich. „Lila, meine einzige liebe Nichte, du würdest in einer Million Jahren nicht verstehen, warum ich so eine verbitterte alte Frau bin."

„Lass es uns versuchen." Ich probierte einen Bissen von dem Hackbraten. Er war tatsächlich verbrannt, aber ich tat so, als würde er mir trotzdem schmecken. „Hey, das ist überhaupt nicht schlecht. Ich mag es."

„Ich war ein schüchternes Mädchen, als ich jünger war." Plötzlich verließ sie den Raum und ich fragte mich, was passiert war. Aber sie kam mit einem Glas Rotwein zurück und lehnte sich wieder gegen den Türrahmen, während sie daraus trank. „Wenn ich jetzt zurückblicke, schätze ich, dass ich leichte Beute war."

„Wer hat dich ins Visier genommen?" Ich aß die zerkochten Kartoffeln. „Die Kartoffeln sind auch gut."

„Das sagst du nur, weil deine Mutter eine schreckliche Köchin ist." Sie seufzte. „Deine Mutter hat trotzdem einen guten Mann bekommen. Ich nicht."

„Nun, mein Vater ist nicht so gut." Er war gemein und streng. Außerdem hatte er seine eigene Tochter entführt, er hatte also auch eine böse Seite.

„Immerhin hat er deine Mutter geheiratet – obwohl sie verdammt noch mal nicht kochen konnte. Und seien wir ehrlich, sie hat die Intelligenz einer Rübe."

Meine Mutter war nicht ganz dumm. Aber ich wollte Hilda auf meine Seite bringen, also stimmte ich ihr zu. „Ja, sie ist so unwissend."

„So unwissend sie auch sein mag, sie hat einen Ehemann bekommen. Sie hatte Kinder mit diesem Mann. Sie ist eine Ehefrau. Auch wenn sie es nicht verdient." Sie trank noch einen Schluck und hielt das Glas mit beiden Händen fest. „Ich kann wie ein professioneller Koch kochen. Ich kann besser putzen als das beste Dienstmädchen. Und ich kann einen Mann besser befriedigen als jede andere Frau, die ich kenne."

Meine Wangen brannten bei ihren Worten. Ich nahm an, dass meine Tante früher eine ziemlich attraktive Frau gewesen war – und trotz all der Jahre, die sie schrecklich verbittert gewesen sein musste, war sie das immer noch. Ich konnte mir nur vorstellen, wie sie ausgesehen haben musste, als sie jung und voller Hoffnung gewesen war. Und doch hatte sich nie ein Mann die Mühe gemacht, sie kennenzulernen.

„Weißt du, vielleicht liegt es an deinem ruhigen Auftreten, dass du nach all der Zeit immer noch Single bist. Eine der älteren Schwestern meiner Mutter hat ihren Mann letztes Jahr an Krebs verloren. Sie geht in die Kirche, um Männer zu finden, zu denen sie sich hingezogen fühlen könnte."

„Die Kirche ist kein Ort, an dem ich den richtigen Mann für mich finden würde. Mein Herz gehört ohnehin nicht mehr mir. Ich kann es keinem anderen Mann schenken."

„Und warum kannst du nicht mit dem Mann zusammen sein, der dein Herz hat?" Ich war mir sicher, dass der Grund dafür war, dass er bereits verheiratet war.

„Das ist egal. Das war es immer schon." Sie trank das Glas leer und ließ mich wieder allein.

Ich aß noch einen Bissen und wartete, ob sie zurückkommen würde. Obwohl sie gesagt hatte, dass sie wie ein professioneller Koch kochen und wie das beste Dienstmädchen putzen konnte, fand ich das Essen schlecht und die Sauberkeit meines Zimmers mehr als mangelhaft.

Sie ist wahnhaft – und depressiv. Wer wäre das nicht an ihrer Stelle?

Ich hörte, wie sie die Dinge zusammenfegte, die sie auf den Boden geworfen hatte. Dann hörte ich, wie sie alles auf eine Kehrschaufel lud, bevor sie es in den Müll warf.

Sie ging hin und her und räumte das Haus auf. Dann kam sie in mein Zimmer. „Du bist mit dem Essen fertig, oder?"

Ich hatte jeden Bissen gegessen, obwohl es nicht besonders gut gewesen war. „Ja, Tante Hilda. Danke."

Sie lächelte mich an. „Du wirst eines Tages eine gute Ehefrau sein, Lila. Du weißt zu schätzen, was du bekommst."

Sie trug meinen leeren Teller aus dem Zimmer und als sie zurückkam, hatte sie einen Besen bei sich und begann zu fegen. „Ich muss hier saubermachen. Ich habe das Haus vernachlässigt und das sieht mir überhaupt nicht ähnlich."

„Bist du depressiv?", fragte ich, als ich zusah, wie sie sich anmutig bewegte, während sie eine so alltägliche Aufgabe erledigte.

„Ja", sagte sie so schnell, dass es keinen Sinn ergab. Nicht viele Menschen waren bereit, eine Depression zuzugeben – zumindest nicht so schnell.

„Weil du ganz allein hier bist?"

Sie nickte. „Ja."

„Warum ziehst du dann nicht zurück nach Carthage, wo deine Familie ist? Du hättest viel Gesellschaft, wenn du dorthin zurückkehren würdest."

Sie sagte kein Wort, als sie fertig war, verließ den Raum wieder und kam mit einer Kehrschaufel zurück. Sie bückte sich, um den Schmutz darauf zu laden. „Wenn ich könnte, würde ich das tun." Sie ging wieder.

Und ich saß da und fragte mich, warum zum Teufel sie nicht zurückkehren konnte, wenn sie wollte. Sobald sie wiederkam, einen Putzeimer in der einen und einen Mopp in der anderen Hand, fragte ich: „Liegt es daran, dass du nicht genug Geld oder einen Job hast?"

„Nein." Sie tauchte den Mopp in den Eimer und machte sich am anderen Ende des kleinen Raums an die Arbeit. Sie wischte mit solcher Präzision und Anmut, dass es mich verblüffte.

„Du liebst es, zu fegen und zu wischen, oder?", fragte ich, als ich sie fast mit dem Mopp tanzen sah.

„Ja." Sie lachte. „Ich habe Hausarbeit früher geliebt. Ich habe es geliebt, sie unterhaltsam und aufregend zu machen." Sie zuckte mit den Schultern. „Und angenehm."

Ich hatte noch nie von jemandem gehört, der Hausarbeit als angenehm bezeichnete. „Kannst du mir sagen, wie du es schaffst, Hausarbeit angenehm zu finden?"

Sie hörte auf zu wischen und stützte sich auf den Stil des Mopps. „Nun, du bist gefesselt, oder?"

„Ja." Ich hatte keine Ahnung, worauf sie hinaus wollte.

„Und wenn du nach den drei Tagen, die du hier warst, aus diesen Ketten befreit werden würdest, hättest du Freude daran, dich bewegen zu können, nicht wahr?"

„Vermutlich." Ich hatte immer noch keine Ahnung, was sie meinte.

„Wenn du also freigelassen und aufgefordert werden würdest, das Haus zu putzen, würdest du die Bewegung als Freiheit empfinden. Und das allein würde dich glücklich machen. So eine einfache Aufgabe kann einem so viel Freude bereiten." Sie schloss die Augen und ein Lächeln umspielte ihre Lippen. „Und wenn du den richtigen Mann hättest, würde er dich nach getaner Arbeit mit etwas Schönem belohnen."

„Etwas Schönem?" Ich konnte ihr überhaupt nicht folgen. Mein Vater hatte meiner Mutter nie etwas für die Reinigung des Hauses geschenkt. Er hatte auch nie einen Kommentar dazu abgegeben, sondern einfach nur erwartet, dass sie es tat.

„Weißt du, irgendein Schmuckstück. Und danach ein schönes, langes gemeinsames Bad, bei dem er deinen Körper und deine Haare wäscht. Und dann würdest du das Gleiche für ihn tun. Ihr würdet euch in jeder Hinsicht umeinander kümmern."

„Ein Schmuckstück für den Hausputz? Ich möchte lieber ein Geschenk bekommen, weil ein Mann mich liebt und respektiert, nicht weil ich eine Pflicht gut erfüllt habe." Ihre Vorstellung schien ein wenig berechnend – ein wenig altmodisch. Nicht nur das, sondern auch ein bisschen erniedrigend. Mir gefiel der Gedanke, meinem Partner ebenbürtig zu sein. „Du hast etwas darüber gesagt, gefesselt zu sein und dann freigelassen zu werden. Das klingt für mich ziemlich schlecht, besonders wenn man nur das Haus putzen darf." Das war eines der seltsamsten Gespräche, die ich jemals geführt hatte.

„Es ist überhaupt nicht schlecht." Sie fing wieder an zu wischen. „Wenn sich ein Mann wirklich um dich kümmert, ist es das beste Gefühl der Welt. Du musst keine Entscheidungen treffen, weil er sie für dich trifft. Und er kümmert sich für dich auch um alles andere. Es gibt absolut keine Sorgen."

Außer dass man anscheinend angekettet ist.

Ich hatte keine Ahnung, welche Vorlieben meine Tante hatte. Aber dass sie von ihrer Familie weggezogen war, ergab für mich endlich Sinn. Und die Verbindung zwischen ihr und den Gentrys wurde noch besorgniserregender.

Mrs. Gentry war eine gute Frau. Wenn ihr Mann gewalttätig war, hatte sie das überhaupt nicht verdient.

Ich dachte daran, wie ich sie auf Coys Party im Rollstuhl gesehen hatte. Ich musste mich fragen, ob es wirklich ein Unfall gewesen war oder ob ihr Mann ihr die Beine gebrochen hatte.

Verletzt Mr. Gentry Frauen zu seinem eigenen Vergnügen?

Obwohl ich jung war, war ich nicht naiv. Ich hatte ältere Brüder und in unserer Nachbarschaft gab es viele Gerüchte über das Leben der Menschen – selbst über die intimsten Bereiche.

Ich musste mehr herausfinden. „Also, gefesselt zu sein und dann freigelassen zu werden, um die Hausarbeit zu machen und zusammen ein Bad zu nehmen ... beinhaltet das auch … größere Tabus?"

„Spanking kann ins Spiel kommen, wenn die Sub etwas getan hat, um es zu verdienen. Oder sie will es einfach nur. Subs brauchen vielleicht auch Disziplin für Dinge, die vor langer Zeit passiert sind und mit denen sie davongekommen sind."

Betrunken war Tante Hilda viel informativer als nüchtern. Ich versuchte, nicht zu erröten. Ich hatte meine Brüder das Wort ‚Sub' schon einmal flüstern hören, als Mrs. Richards in unserer Straße eine Affäre gehabt hatte. Ich wollte aber noch mehr von Tante Hilda hören. „Du musst mir alles darüber erzählen. Ich hatte keine Ahnung, dass es so etwas gibt."

„Das gibt es seit Jahren. Sogar seit Jahrhunderten." Ihre Augen wurden glasig, als sie aufblickte. „Ich vermisse es, die Sub meines Meisters zu sein. Das vermisse ich mehr als alles andere."

Meine Güte! Was hat meine Tante heimlich getrieben – und mit wem?

KAPITEL ZWEIUNDZWANZIG

Coy

Ich saß in meinem Truck und wartete darauf, dass Paul in dem Park in der Nähe seines Elternhauses auftauchte. Die Dämmerung kam und ging und ließ mich in der Dunkelheit zurück. Trotzdem wartete ich und hoffte höllisch, dass er sich an unsere Vereinbarung halten würde.

Möglicherweise hatte er Probleme, die Adresse zu finden. Oder er hatte aus irgendeinem Grund Probleme, aus dem Haus zu kommen. Und jetzt, da es dunkel war, konnte er das Haus vielleicht gar nicht mehr verlassen.

Ich hatte keine Ahnung, was ihn fernhielt. Aber ich wusste, dass ich genau dort bleiben musste, wo ich war, sonst könnte ich meine Chance verspielen, Lila zu finden.

Eine Stunde nach Sonnenuntergang sah ich, wie sich ein Schatten die Straße hinaufbewegte. Ich sah, wie er immer näher kam und scheinbar auf meinen Truck zusteuerte.

Mein Herz pochte heftig in meiner Brust, als mich die Hoffnung erfüllte, dass ich Lila bald finden würde. Erst drei Tage waren vergangen, aber für mich hatte es sich angefühlt, als wären Jahre vergangen.

„John?"

Ich atmete erleichtert auf und antwortete: „Ja, ich bin es, Paul. Hast du die Adresse für mich bekommen?"

Er trat an die Seite des Trucks. „Ja. Meine Mutter hat alle Adressen und Telefonnummern in einem Buch neben dem Telefon in der Küche. Es war einfach, die Adresse herauszufinden. Ich möchte nicht, dass du mir mehr dafür bezahlst, weil es nicht schwer war, sie zu bekommen."

Ich gab ihm trotzdem einen 20-Dollar-Schein. „Ein Deal ist ein Deal, Paul." Er gab mir den Zettel mit der Adresse, als ich ihm das Geld überreichte. „Danke, Mann."

Er trat von einem Bein aufs andere, als wäre er nervös. „Du versprichst, dem Kerl, mit dem sie sich getroffen hat, nichts davon zu erzählen, oder?"

„Ich verspreche es." Die Art, wie er sich verhielt, machte mich ein wenig unruhig. „Hat dein Vater dir mehr über ihre Abreise erzählt? Bist du deshalb so spät gekommen? Hast du darüber nachgedacht, mir die Adresse doch nicht zu geben?"

„Irgendwie schon", gestand er. „Ich habe heute Nachmittag meine Eltern reden hören. Mom fragte nach Lila. Sie fühlt sich schlecht, weil Lila nicht zu ihr gekommen ist, um mit ihr über ihre Jungenprobleme zu sprechen."

Weil sie keine hatte.

„Oh, also hat sie deiner Mutter nichts darüber gesagt, warum sie die Stadt verlassen wollte?" Ich fand das seltsam. Hauptsächlich, weil sie mir erzählt hatte, dass ihr Vater ein Arschloch war, nachdem er ihr verboten hatte, mich zu sehen. Es ergab keinen Sinn, dass er derjenige war, an den sie sich wenden würde, wenn sie Hilfe dabei bräuchte, die Stadt zu verlassen.

„Kein Wort. Also fragt Mom Dad jeden Tag, ob er von Lila gehört hat. Er sagt immer, dass sie jetzt einfach nur in Ruhe gelassen werden will." Er zuckte mit den Schultern. „Ich begreife Mädchen nicht."

Wenn Lila wirklich von mir getrennt sein wollte, hätte sie

mit ihrer Mutter darüber gesprochen, anstatt mit ihrem Vater. Und sie würde bestimmt nicht ihn anrufen, um ihm zu erzählen, wie es ihr ging. „Warum hat deine Mutter Lila nicht selbst angerufen?"

„Sie hat schon ein paarmal Tante Hilda angerufen, bei der Lila wohnt. Tante Hilda sagt immer, dass Lila gerade schläft und dass es ihr gut geht. Sie hat sogar behauptet, dass Lila vielleicht bei ihr bleiben und sich in Shreveport einen Job suchen möchte."

Das klingt vernünftiger als alles, was ihr Vater gesagt hat. „Warum ist sie deiner Meinung nach wirklich weggegangen, Paul?"

„Ich habe gehört, wie mein Vater sie zu Beginn des Sommers angeschrien hat. Er hat ihr verboten, diesen Kerl namens Gentry zu sehen – das ist sein Nachname, denke ich. Und sie war deswegen sauer auf unseren Vater." Er lachte und schüttelte den Kopf. „Aber sie muss den Kerl trotzdem getroffen haben – auch ohne Dads Erlaubnis. Sie hat Dad erzählt, dass sie ihn nicht mehr sehen kann, sonst wird er von seiner Familie verstoßen und verliert alles. Sie will nicht dafür verantwortlich sein, dass er sein Erbe verliert, was viel Geld und eine riesige Ranch umfasst. Ich denke, deshalb ist sie weggegangen – nicht weil er gemein zu ihr war oder so."

Mist. Das ergab Sinn.

Aber was war mit dem Anruf, den ich zu Hause belauscht hatte? Könnte mein Vater mir die Wahrheit gesagt haben? Mein Vertrauen in meine Familie war in den letzten Monaten erschüttert worden, aber vielleicht hörte ich Dinge, die nicht da waren.

„Glaubst du, sie wird dortbleiben und sich einen Job suchen?" Ich zögerte plötzlich, sie zurückzuholen.

Mit einem Achselzucken sagte er: „Wer weiß? Ich weiß nur, dass ich sie vermissen werde, wenn sie dortbleibt. Wie auch immer, ich muss gehen. Ich sollte den Hund draußen füttern. Jemand könnte bemerken, dass ich nicht ins Haus zurückgekehrt bin."

„Danke, Paul."

„Kein Problem. Danke für das Geld, John." Er rannte in die Nacht und ich ahnte, dass ich das Kind niemals wiedersehen würde.

Als ich mir die Adresse ansah, überlegte ich, was ich tun sollte. Vielleicht war Lila wirklich freiwillig weggegangen. Vielleicht sollte ich einfach nach Lubbock ziehen, damit sie nach Hause zurückkehren konnte. Ich könnte ihr einen Brief schreiben und ihr sagen, dass ich wusste, dass sie gegangen war, damit ich nicht alles verlor. Ich könnte schreiben, dass ich Carthage verlassen hatte und sie zu ihrer Familie und ihren Freunden zurückkehren könnte.

Ich hatte ohnehin niemanden außer ihr in dieser kleinen Stadt. Und jetzt, da sie weg war, gab es keinen Grund mehr für mich zu bleiben. Es war nicht so, als würde ich bei meinen Eltern sein wollen, seit Lila wegen ihnen und ihren verrückten Vorstellungen weggegangen war.

Da unsere Väter uns verboten hatten, uns zu sehen, konnte ich völlig verstehen, warum Lila vor mir weggelaufen war. Sie wollte ihr Leben, ihre Familie und ihre Freunde nicht verlieren, nur um bei mir zu sein. Und sie hatte recht damit.

Als ich dort saß und über all die Dinge nachdachte, die sie und ich getan und einander gesagt hatten, begann ich, ein Muster zu erkennen. Ich war blind dafür gewesen, dass ich meinem Vater viel ähnlicher war, als ich jemals gedacht hatte.

Als ich Lila zum ersten Mal gesehen hatte, hatte ich sie gewollt. Ich hatte sie in Rekordzeit bekommen. Ich hatte so viel wie möglich bei ihr sein wollen. Auch das hatte ich bekommen.

Das Einzige, was ich nicht bekommen hatte, war der Segen meines Vaters gewesen. Stattdessen war es ihr und mir verboten worden, uns zu sehen.

Und vielleicht war es an diesem Punkt so dramatisch geworden. Vielleicht hatten wir deshalb alles übereilt. Vielleicht hatte die Tatsache, dass unsere Väter unsere

Beziehung verboten hatten, den inneren Rebellen in uns beiden geweckt.

Fast jeder Moment, den wir miteinander verbracht hatten, war gestohlen gewesen. Jeder Kuss, den wir geteilt hatten, war verboten gewesen. Und als wir uns geliebt hatten, hatten wir gegen die Regeln verstoßen.

Nachdem wir uns an jenem ersten Abend auf meiner Abschlussparty kennengelernt hatten, hatten wir alle Rekorde gebrochen. Der erste Kuss war in der ersten Nacht gewesen. In der zweiten Nacht hatten wir einander gestreichelt und unsere Körper erforscht. Und am dritten Morgen waren wir kurz vor Tagesanbruch in meinem Truck noch weiter gegangen.

In der folgenden Nacht hatten wir alles gewagt, als wir uns auf einer Weide der Ranch unter dem Schein des Vollmonds und einer Decke aus Sternen geliebt hatten. Es war das erste von vielen Malen gewesen, dass wir diese Weide und den Schutz der Nacht genutzt hatten, um so intim zu sein, wie zwei Menschen werden konnten.

Wir waren für zwei Jungfrauen verdammt schnell gewesen.

Besser gesagt, ich war viel zu schnell gewesen.

Lila hatte mir immer wieder gesagt, wie gut ich aussah und dass sie noch nie so große Muskeln wie meine berührt hatte. Sie hatte gesagt, dass sie nicht annähernd in meiner Liga war und dass alles ein Traum sein musste.

Ich habe ihr Verlangen nach mir ausgenutzt.

Das Einzige, was wir sicher gewusst hatten, war, dass wir überhaupt nicht zusammen sein sollten. Und dass es viel zu verlieren gab, wenn wir jemals erwischt wurden. Trotzdem hatten wir es getan. Und danach hatten wir noch einen Monat damit weitergemacht.

Dann war mir die Idee gekommen, zu heiraten und wegzuziehen. Ich konnte mich nicht erinnern, sie tatsächlich gebeten zu haben, mich zu heiraten. Ich erinnerte mich, dass ich gesagt hatte, ich würde sie zu meiner Frau machen. Aber ich hatte nie um ihre Hand angehalten.

Ich bin ein verdammter Dummkopf!

Natürlich hatte sie Angst bekommen und war weggelaufen. Natürlich hatte sie sich schlecht gefühlt, weil ich verstoßen und enterbt werden würde. Natürlich hatte sie die Stadt verlassen wollen, damit sie mir das nicht ins Gesicht sagen musste.

Das Einzige, was keinen Sinn ergab, war, dass sie ihren Vater um Hilfe gebeten hatte.

Aber zu diesem Zeitpunkt hatte ich sie bereits unbeabsichtigt dazu manipuliert, zum ersten Mal Sex mit einem Mann zu haben, den sie erst seit drei Tagen gekannt hatte. Und ich hatte sie bedrängt, als wir unsere Heiratslizenz besorgt hatten, und ihr gesagt, wir würden drei Tage später heiraten.

Zu diesem Zeitpunkt war sie wahrscheinlich so verzweifelt gewesen, von mir wegzukommen, dass sie so gut wie jeden um Hilfe gebeten hätte. *Ich bin so verdammt dumm!*

Wenn man jemanden wirklich liebt, lässt man sich Zeit. Zumindest nahm ich das an. Ich war noch nie verliebt gewesen, also hatte ich keine Ahnung, wie es laufen sollte. Vielleicht hatte sie das bemerkt.

Normale Paare waren eine Weile zusammen, manche sogar einige Monate, bevor sie eine sexuelle Beziehung eingingen. Und sie warteten – manchmal sogar jahrelang –, bevor der Mann sein Mädchen bat, ihn zu heiraten.

Ich aber nicht. Ich hatte alles überstürzt. Erst den Sex und dann die Heirat.

Ich bin ein Idiot.

Jetzt wünschte ich mir, ich hätte Freunde in meinem Alter, mit denen ich meine Sorgen ertränken könnte. Ich brauchte einen guten männlichen Rat bezüglich Frauen und den Zeitrahmen, der bei einer guten Beziehung normal war.

Aber ich hatte noch nicht einmal versucht, einen der jungen Männer auf meiner Party kennenzulernen. Stattdessen hatte ich meine ganze Aufmerksamkeit auf Lila gerichtet. Wie ein verdammtes Raubtier.

Lila hatte recht damit gehabt, wegzulaufen.

Ihr Vater hatte behauptet, dass sie nicht der Grund dafür sein wollte, dass ich alles verlor. Aber das war vielleicht die netteste Art, wie sie sagen konnte, dass sie mich nicht mehr sehen wollte.

Ich wusste, wenn sie zu mir gekommen wäre und mir erzählt hätte, was sie anscheinend ihrem Vater erzählt hatte, hätte ich gesagt, dass es mir egal war, solange ich sie hatte.

Nach nur einem Monat hatte ich etwas so verdammt Dummes gesagt.

Doch selbst als ich mir eingestand, wie dumm das klang, änderten sich meine Gefühle für sie nicht. Es brach mir das Herz, dass Lila nicht genauso empfand. Aber wenn sie sich so viel Mühe gegeben hatte, um sicherzustellen, dass ich meine Zukunft nicht für uns wegwarf, musste ich ihr immer noch etwas bedeuten. Zumindest ein bisschen.

Sie war so ein Mädchen. Eines, dem andere Menschen wichtig waren.

Und sie verdiente immer noch alles Glück der Welt – auch wenn sie nicht mit mir zusammen sein wollte. Sie hatte es verdient, zu Hause zu leben, in der Nähe ihrer Freunde und ihrer Familie. Und sie musste wissen, dass ich sie in Ruhe lassen würde, damit sie ihr Leben ungestört führen konnte.

Das schulde ich ihr.

Ich griff auf den Rücksitz und holte meinen Rucksack. Ich würde ihr einen Brief schreiben und ihn zur Post bringen, damit er gleich morgen früh auf die Reise zu ihr ging.

Sie sollte wissen, dass ich weggehen würde, damit sie nach Hause kommen konnte, und dass es mir schrecklich leidtat, was ich ihr angetan hatte. Das Wort Liebe würde ich kein einziges Mal verwenden.

Meine Hand zitterte, als ich den Stift umklammerte und nicht wusste, was ich zuerst schreiben sollte.

Ich warf ihn auf den Beifahrersitz und rief: „Oh, zur Hölle! Ich werde es ihr persönlich sagen."

KAPITEL DREIUNDZWANZIG

Lila

Meine Augenlider flogen auf, als ich draußen ein vertrautes Geräusch hörte.

Coys Truck?

Ich hatte keine Ahnung, wie lange ich geschlafen hatte oder wie spät es war. Es war dunkel im Raum, was mir sagte, dass es draußen auch noch dunkel war. Der Motor ging aus und dann hörte ich ein leises Klopfen an der Tür.

Hilda hatte nach unserem langen Gespräch noch mehr Wein getrunken. Ich nahm an, dass sie bewusstlos geworden war und nicht hören konnte, dass jemand an ihre Haustür klopfte. „Hilda", rief ich. „Du hast Besuch."

Wieder ertönte ein leises Klopfen, aber es gab keine anderen Geräusche. Das Klopfen wurde lauter und eindringlicher. Dann hörte ich Coys Stimme. „Hilda, ich weiß, dass Lila da drin ist. Lassen Sie mich rein. Ich will nur mit ihr reden!"

Etwas polterte und ich hörte, wie Hilda herumstolperte. „Oh nein. Das darf nicht passieren."

„Coy!", schrie ich.

Hilda war sofort neben mir, stopfte mir eine Socke zwischen die Lippen und wickelte eine Schnur um meine Handgelenke, um sicherzustellen, dass ich das Ding nicht aus meinem Mund entfernen konnte. „Sei ruhig oder ich erschieße deinen verdammten Freund."

Ich wurde sofort still, weil ich nicht wollte, dass Coy etwas passierte. Er hatte gesagt, dass er wusste, dass ich im Haus war. Er würde nicht weggehen, ohne mich zu sehen. Geduldig wartete ich darauf, dass alles seinen Lauf nahm.

Das Klopfen hörte nicht auf. Anscheinend wollte Coy nicht aufgeben. „Kommen Sie schon, Hilda. Sie müssen mich reinlassen. Ich muss sie sehen. Ich werde gehen, sobald ich mit ihr gesprochen habe. Das schwöre ich Ihnen."

Sie sah mich mit großen Augen an. „Sei besser still."

Ich nickte und sah zu, wie sie die Zimmertür von außen schloss. Ich hörte ein Geräusch, als sie etwas davor schob. Sie wollte es wohl so aussehen lassen, als ob die Tür nicht existierte.

Coy musste schlauer sein als Hilda, wenn er mich finden wollte. Aber ich wusste, dass er schlau war. Er konnte es schaffen. Ich glaubte an ihn. Also blieb ich ruhig. In Gedanken rief ich ihm jedoch zu, dass ich da war.

Der Holzboden knarrte unter Hildas Füßen, als sie von ihrem Schlafzimmer zur Haustür lief. Dann blieb mein Herz stehen, als ich hörte, wie sie eine Schrotflinte lud. „Du musst verschwinden", rief sie. „Ich habe eine Schrotflinte hier. Sie ist geladen. Wenn du nicht erschossen werden willst, schlage ich vor, dass du wieder in dein Auto steigst und dorthin zurückfährst, wo du hergekommen bist."

„Ich kann erst zurückfahren, wenn ich mit ihr geredet habe. Bitte, Hilda, lassen Sie mich rein, damit ich alles mit ihr klären kann. Ich flehe Sie an."

„Ich kann dich nicht reinlassen", sagte sie zu ihm.

„Ich werde keiner Menschenseele verraten, was Sie getan haben. Und ich gebe Ihnen so viel Geld, wie Sie wollen."

Sie war lange still. Nach dem zu urteilen, was ich von dem Haus und den Dingen darin gesehen hatte, war alles schon sehr alt. Die Vorhänge, die Decken und die Laken in dem Raum, in dem sie mich eingesperrt hatte, waren fast durchsichtig, so abgenutzt waren sie. Es war offensichtlich, dass sie nicht viel Geld hatte.

Ich begann, meine Arme hin und her zu bewegen, und versuchte, die Schnur, die sie um meine Handgelenke gewickelt hatte, zu lockern. Wenn ich die verdammte Socke aus meinem Mund bekam, könnte ich schreien, um Coy auf meine Anwesenheit aufmerksam zu machen. Und wenn er nicht ins Haus kommen könnte, um mich zu sehen, würde er die Polizei rufen.

Coy, bitte hol Hilfe!

„Das kann ich nicht. Du musst gehen." Ich konnte an den knarrenden Dielen erkennen, dass sie langsam näher an die Tür trat. Wenn sie nahe genug war, könnte sie ihn direkt durch die Tür erschießen.

Mein Herz schlug schneller, als sich Panik wie ein Lauffeuer in mir ausbreitete. Coy hatte sich noch nie mit so etwas befassen müssen. Ich hatte keine Ahnung, wie viel er überhaupt über Waffen und Holztüren wusste und darüber, wie leicht Kugeln sie durchdringen konnten. Er wusste vielleicht nicht einmal, in welcher Gefahr er schwebte.

Meine Füße waren nicht gefesselt, also stieg ich aus dem Bett und stieß den Nachttisch um, was so viel Lärm machte, dass Hilda zu mir zurücklief.

Ein kratzendes Geräusch sagte mir, dass sie alles beiseiteschob, was sie vor die Tür gestellt hatte. Dann flog die Tür auf und sie schlug mich mit solcher Wucht, dass ich zurück auf das Bett fiel.

Sie bewegte sich blitzschnell, riss das Kabel aus der Rückseite des kleinen Fernsehers und sprang auf das Bett, um sich auf meine Beine zu setzen. Sie hielt sie so ruhig wie möglich, während ich um mich trat, und legte das Kabel um meine Knöchel, um sie fest zusammenzubinden.

Ich hatte so etwas noch nie gesehen. Aber dann wurde mir klar, dass das nicht stimmte. Sie hatte dieselbe Technik benutzt wie ein Cowboy, der die Beine eines Kalbs fesselte.

Hilda hatte beeindruckende Fähigkeiten – sehr zu meiner Bestürzung. Ich starrte sie mit großen Augen an. Augen, die sie anflehten, diesen Wahnsinn zu beenden und Coy hereinzulassen, damit er mir helfen konnte.

Sie wich meinem Blick aus, als sie mich verließ, die Tür schloss und wieder etwas davor schob. Aber sie hatte keine Ahnung, wie sehr Coy und ich uns liebten – das war ihr größter Fehler.

Coy würde diesen Ort niemals verlassen, ohne mich zu sehen. Das wusste ich ganz genau. Hilda wäre besser beraten, die Haustür zu öffnen und ihm zu sagen, dass ich nicht da war. Aber sie hatte den falschen Ansatz gewählt.

Er wusste jetzt ohne Zweifel, dass ich da war. Hildas Fehler zahlten sich für mich aus. Coy wusste, dass ich in diesem Haus war. Dafür hatte sie gesorgt.

„Was ist da drin los?", schrie Coy. „Es hört sich an, als ob Sie herumrennen. Sie müssen keine Angst haben. Ich werde weder Sie noch sonst irgendjemanden verletzen."

Hildas Stimme klang jetzt weit weg. Sie musste direkt an der Haustür sein. „*Sie* rennt herum, Coy. Sie versucht, sich vor dir zu verstecken. Sie hat Angst vor dir."

„Sagen Sie das nicht", bat er. „Es tut mir leid, was sie meinetwegen durchgemacht hat. Ich möchte mich bei ihr entschuldigen. Mir war nicht klar, dass ich sie bedrängt habe – ich wusste nicht, dass sie das Gefühl hatte, ich würde sie manipulieren. Es muss in meiner verdammten DNA sein. Ich weiß es nicht. Aber ich muss mich bei ihr dafür entschuldigen, dass sie Angst hat – dass sie das Gefühl hat, weglaufen zu müssen."

Ich hatte keine Ahnung, wovon er sprach. Wir waren beide

ungeduldig gewesen – nicht nur er. Ich war an allem, was wir getan hatten, beteiligt gewesen. Ich hatte es so sehr gewollt wie er.

Warum glaubt er, mich manipuliert zu haben?

„Sie kann dich hören, also hast du dich bereits entschuldigt. Aber sie will dich nicht sehen. Es tut mir leid. Ich bin ihre Tante. Ich muss tun, was sie will", sagte Hilda. „Und sie will dich nicht sehen, Coy. Sie hat Angst vor dir."

Mein ganzer Körper erstarrte bei ihren Lügen. Ich hatte keine Angst vor Coy. Ich hatte nie Angst vor ihm gehabt. Ich hatte keine Ahnung, warum er das dachte, aber er lag falsch.

Ich liebte Coy mehr als sonst irgendjemanden in meinem Leben. Ich war bereit, meine Heimatstadt für ihn zu verlassen. Ich war bereit, meine Familie für ihn zu verlassen. Und ich war bereit, meine Freunde für ihn zu verlassen.

Er darf ihre Lügen nicht glauben!

„Ich verstehe", lautete seine schwache Antwort. Er klang, als wäre ihm mit einem Messer direkt ins Herz gestochen worden.

Ich fühlte mich genauso. *Bitte, Gott, mach, dass er mich nicht hierlässt.*

„Verschwinde und komm nie mehr zurück", sagte Hilda.

„Hilda?", fragte er mit tränenerstickter Stimme.

„Was?"

„Bitte lassen Sie mich rein. Ich werde ihr nichts tun. Ihnen auch nicht. Ich war noch nie in meinem Leben gewalttätig. Und ich gebe Ihnen jeden Cent, den ich habe, um sie sehen zu können."

Mit geschlossenen Augen betete ich, dass meine Tante Coy hereinlassen würde. Wenn er ins Haus gelangen könnte, würde er mich finden. Ich wusste, dass er das tun würde.

„Wenn ich dich reinlasse, musst du verstehen, dass ich sie nicht mit dir gehen lassen kann."

„Ja, ich weiß", sagte er.

„Okay. Gib mir einen Moment, um sie fertig zu machen.

Und sei darauf vorbereitet, sie in einem Zustand zu sehen, in dem du sie nicht von hier wegbringen kannst. Okay?"

„Okay."

Ich konnte es kaum glauben. Sie würde ihn hereinlassen.

Aber sie kam nicht, um mich zu befreien. Sie schob die Barrikade nicht von der Tür weg. Sie machte so lange nichts, dass ich nicht sicher war, ob sie überhaupt noch wach war.

Schließlich wurde Coy ungeduldig. „Hilda, was ist da drin los?"

Sie ging auf der Stelle und ließ es so klingen, als würde sie wieder zur Tür kommen. „Okay. Ich habe sie fertig gemacht. Du hast Geld für mich, oder?"

„Ja, ich habe es in der Hand. Ich werde es Ihnen geben, sobald Sie die Tür öffnen."

„Ich habe die Schrotflinte. Ich werde sie benutzen, wenn ich muss."

„Ja, ich weiß, dass Sie das tun werden", sagte er.

Ich hörte, wie die Schlösser knarrten, als Hilda begann, die Tür aufzuschließen. Dann ertönte das Quietschen der verrosteten Scharniere und ich konnte kaum fassen, dass Coy endlich hier war, um mich zu retten.

„Du siehst genauso aus wie er", hörte ich sie atemlos sagen. „Wie dein Vater. Außer deinen Augen."

„Anscheinend bin ich ihm ähnlicher, als ich ahnte. Deshalb muss ich Lila sehen. Ich muss mich für das entschuldigen, was ich ihr angetan habe."

„Du hast sie verletzt, oder?", fragte sie.

„Das wollte ich nicht. Aber ich muss sie verletzt haben, weil sie vor allem davongelaufen ist – vor mir, ihrem Zuhause, ihrer Stadt, ihrer Familie und ihren Freunden. Sie soll nur wissen, dass ich akzeptiere, dass sie nicht mehr bei mir sein will, und dass ich Carthage verlassen werde, damit sie wieder zu ihrem Leben zurückkehren kann."

„Das ist unglaublich nett von dir", sagte Hilda.

Ich fing an, hinter meinem Knebel zu schreien. Ich wollte

wissen, warum er all diese Dinge dachte, wenn nichts davon wahr war – aber ich wusste, dass er mich nicht hören konnte.

„Wer hat dir gesagt, dass sie hier ist?", fragte sie.

„Das kann ich nicht preisgeben. Es spielt sowieso keine Rolle. Ich werde nicht versuchen, ihre Meinung zu ändern. Ich möchte ihr nur sagen, dass es mir unglaublich leidtut, was ich getan habe."

„Störe dich nicht daran, was du siehst, wenn ich dich zu ihr bringe. Ich habe es zu ihrem eigenen Besten getan. Und zu deinem."

Als ich hörte, wie etwas von der Tür weggeschoben wurde, schlug mein Herz schneller. Dann öffnete sich die Tür und das Licht über dem Bett ging an und blendete mich.

Coy schnappte nach Luft und ich blinzelte, bis ich ihn sehen konnte. Er hatte seine Hand auf seinen Mund gepresst und starrte mich an. Ich sah, wie meine Tante, die hinter ihm stand, mit der Waffe auf seinen Kopf zielte.

Plötzlich duckte er sich, drehte sich schnell um und entriss ihr die Schrotflinte. Sie stolperte zurück. „Nein!"

Coy richtete die Waffe auf sie. „Befreien Sie sie sofort von den Fesseln oder ich werde Sie töten."

KAPITEL VIERUNDZWANZIG

Coy

Ich konnte nicht glauben, was ich sah. Lila, mit einer
Eisenkette um ihren Körper. Sie war an Händen und Füßen
gefesselt und etwas war in ihren Mund gestopft worden. Mein
Magen drehte sich um, als Galle meinen Hals hinaufschoss.

Wie kann sie ihrer eigenen Nichte so etwas antun?

Ich bewegte mich blitzschnell, bückte mich und richtete
mich erst wieder auf, als ich mich zu Hilda umdrehte.
Während ich den Lauf der Schrotflinte packte und sie aus
ihren Händen riss, stieß ich sie zu Boden.

Sie kauerte vor mir und hob die Hände. Ich wollte sie für
das erschießen, was sie der Frau angetan hatte, die ich liebte.
Aber Mord – auch wenn er gerechtfertigt war – würde mich
ins Gefängnis bringen.

Ich muss für Lila frei bleiben.

„Befreien Sie sie sofort von den Fesseln", befahl ich, „oder
ich werde Sie töten."

„Erschieße mich nicht. Ich werde sie befreien. Erschieße
mich nur nicht." Hilda bewegte sich wie eine Schlange, um auf
die andere Seite des Raumes zu gelangen. „Der Schlüssel zu

dem Vorhängeschloss befindet sich in dieser Schublade." Sie sah mich mit besorgten Augen an. „Ich muss sie öffnen, um ihn zu holen."

Lilas Augen waren auf mir, als ich nickte. „Wenn Sie etwas anderes als den Schlüssel holen, werde ich den Abzug drücken."

„Verstanden." Sie öffnete langsam die Schublade und zog den Schlüssel heraus.

Ich war in meinem ganzen Leben noch nie so wütend gewesen. Die Dinge, die diese Frau Lila angetan hatte, waren schrecklich. Lila war drei Nächte weg gewesen. Ich konnte nicht glauben, dass sie diese Folter so lange ertragen hatte.

Ich wollte nicht zulassen, dass Hilda etwas Scharfes in die Hand nahm – und es würde etwas Scharfes brauchen, um die Kabel zu durchtrennen, die Lilas Hände und Füße fesselten. Als ich mich im Raum umsah, fand ich in einer Ecke eine große Schere auf dem Boden.

Nachdem Hilda das Vorhängeschloss der Eisenkette um Lilas Taille entriegelt hatte, sagte ich: „Legen Sie die Kette jetzt um Ihre eigene Taille und benutzen Sie das Vorhängeschloss, um sie zu schließen. Den Schlüssel werfen Sie hierher zu meinen Füßen."

Sie nickte und tat, was ich gesagt hatte. Erst dann legte ich die Waffe in die Nähe der Tür, außerhalb von Hildas Reichweite. Ich beeilte mich, die Schere zu holen, nahm aber erst den Knebel aus Lilas Mund, bevor ich irgendetwas anderes tat. „Coy, ich bin so froh, dich zu sehen!"

„Ich hole dich hier raus." Ich schnitt zuerst das Kabel an ihren Füßen durch. Ich sah Hilda an, die mit gesenktem Kopf am Bett stand. Sie sollte wissen, dass ich sie damit nicht davonkommen lassen würde. „Ich will, dass Sie mir sagen, wer Ihnen aufgetragen hat, ihr das anzutun."

„Niemand hat es mir aufgetragen", log Hilda.

„Ich weiß, dass das eine Lüge ist!" Meine Hand zitterte, als ich mit der Schere auf sie zeigte. „Lilas Vater hat sie zu Ihnen gebracht. Soviel weiß ich schon. Sagen Sie mir jetzt, wer diese ganze Sache geplant hat. Und sagen Sie mir, wer Ihnen aufgetragen hat, sie zu fesseln."

Hilda hob immer noch nicht ihren Kopf, um mich anzusehen. „Ihr Vater hat sie zu mir gebracht. Ich sollte sie nur für eine Nacht anketten. Danach sollte ich sie von den Ketten befreien. Aber erst nachdem ich sie davon überzeugt hatte, sich von dir fernzuhalten. So weit war ich noch nicht gekommen. Deshalb war sie immer noch gefesselt, als du aufgetaucht bist."

„Sagen Sie mir, welche Rolle mein Vater dabei gespielt hat." Ich würde dieser Sache auf den Grund gehen und sie alle teuer dafür bezahlen lassen, was sie Lila angetan hatten.

Sie hob schließlich ihren Kopf, um mir in die Augen zu sehen. „Dein Vater?"

Ich durchtrennte das Kabel zwischen Lilas Handgelenken. Sie sank sofort in meine Arme und umklammerte mich, als würde sie mich niemals wieder loslassen wollen. „Coy! Gott sei Dank! Ich liebe dich so sehr!"

„Ich liebe dich auch, Baby." Ich legte die Bettdecke um sie, da sie Lumpen trug, die ihren Körper kaum bedeckten. Dann wandte ich meine Aufmerksamkeit Hilda zu und sagte: „Ja, mein Vater. Sagen Sie mir, wie er an all dem beteiligt war."

„Ich habe seit unserer Schulzeit nicht mehr mit deinem Vater gesprochen. Alles wurde von Lilas Vater organisiert. Er wollte, dass sie sich von dir fernhält. Er hatte ihr verboten, dich zu sehen, und sie hat es trotzdem getan. Also brachte er sie zu mir. Er wollte, dass ich ihr dabei half, die Tatsachen zu akzeptieren. Gentry-Männer und Stevens-Frauen dürfen nicht zusammen sein."

„Nun, das sind sie jetzt aber." Ich glaubte ihr keine Sekunde lang, dass sie seit Jahren nicht mehr mit meinem Vater geredet hatte – ich wusste, dass sie die Person war, mit der er telefoniert hatte. Aber mein Hauptanliegen war, Lila dort wegzubringen. „Ich bin nicht sicher, was Lila und ich mit Ihnen und ihrem Vater machen werden. Sie und ich werden diese Entscheidung gemeinsam treffen. Sie werden nie wissen, ob sie eines Tages von der Polizei verhaftet werden oder nicht. Mit dieser Angst werden Sie leben müssen, Hilda Stevens. Entführung, Freiheitsberaubung und Folter könnten Sie lebenslang ins Gefängnis bringen. Denken Sie lange und gründlich darüber nach."

Ich nahm den Schlüssel des Vorhängeschlosses und sah mich um. Ich wollte sichergehen, dass ich ihn an einem Ort platzierte, an den sie gelangen konnte. Aber sie sollte sich anstrengen müssen, um freizukommen.

Es war nicht viel im Zimmer. Aber es gab eine Kommode. Ich ging hinüber und hob sie an, um herauszufinden, wie schwer sie war. Sie war sehr schwer. Also beugte ich mich vor und schob den Schlüssel darunter.

„Hier. Ich habe Ihnen mehr gegeben, als Sie jemals Lila gegeben haben. Wir gehen jetzt. Ich hoffe, dass Sie und alle, die mit Ihnen zusammengearbeitet haben, um der Frau, die ich liebe, so etwas Schreckliches anzutun, für immer in der Hölle schmoren. Möge Ihr Leben auf Erden bis zu Ihrem Tod voller Trauer und Hoffnungslosigkeit sein, denn ich bin sicher, dass Lila so empfunden hat, als sie hier gefangen war."

Eine zarte Hand ergriff meine und ich drehte mich um und stellte fest, dass Lila ihren Kopf schüttelte. „Nein, wünsche niemandem etwas Schlechtes. Mir geht es gut und dir auch. Das ist das Wichtigste."

Sie war hier das Opfer und dennoch sagte sie mir, dass ich die Menschen, die sie verletzt hatten, in Ruhe lassen sollte. „Du bist ein Engel. Weißt du das?"

„Komm, Schatz. Lass uns einfach von hier verschwinden. Ich bin mehr als bereit, das alles hinter mir zu lassen." Sie hielt meine Hand fest und zog mich mit sich.

Als wir zur Haustür gingen, sah ich das Geld, das ich Hilda gegeben hatte, auf dem Couchtisch. „Ich werde nicht zulassen, dass sie das behält. Gibt es hier noch etwas, das wir mitnehmen müssen?" Ich nahm das Geld – mehrere hundert Dollar – und steckte es in meine Tasche.

„Nein", sagte sie, als sie mich weiterzog. „Sie haben mich aus meinem Bett geholt, gefesselt, geknebelt und eine Tüte über meinen Kopf gezogen, bevor sie mich in den Kofferraum des Autos geworfen haben. Ich kam mit nichts anderem als dem Nachthemd, das ich getragen habe."

Ich konnte nicht glauben, dass ihr eigener Vater ihr das angetan hatte. Ich konnte nichts sagen, um es besser für sie zu machen. Aber ich würde versuchen, sie bis zu ihrem Tod glücklich zu machen – wenn sie es mir erlaubte.

Um ein Uhr morgens fuhren Lila und ich vom Haus ihrer Tante in Richtung Interstate 20, um nach Dallas zu gelangen. Ich wollte sie nicht in die Nähe von Carthage bringen. Noch nicht.

„Wovon hast du gesprochen, als du gesagt hast, dass du mich manipuliert hast, Coy?" Sie zog die schäbige Decke etwas fester um ihre Schultern. Ihre Augen waren auf meine gerichtet.

„Nun, ich nahm an, du hättest die Stadt verlassen, um von mir wegzukommen. Also habe ich darüber nachgedacht, warum du das wolltest."

„Ja, aber ich habe dich nicht verlassen."

„Das weiß ich jetzt."

„Also, warum glaubst du, mich manipuliert zu haben?"

„Ich denke, ich habe dich bedrängt, ohne es zu wollen. Ich war zu ungeduldig. Was denkst du darüber?"

Sie sah von mir weg und starrte aus dem Fenster, als sie still wurde. Vermutlich dachte sie über meine Frage nach. Als sie mich wieder ansah, hatte sie ein Funkeln in den Augen. „Coy, ich liebe dich. Ich bereue nichts, was wir in der kurzen Zeit, in der wir zusammen waren, getan haben. Alles ging sehr schnell, aber unsere Beziehung ist die ganze Zeit gewachsen. Ich freue mich auf unsere Pläne für die Zukunft. Aber wenn du Zweifel hast und warten willst, verstehe ich das."

„Du willst also nicht damit warten, mich zu heiraten?" Ich dachte, ich sollte das umformulieren. „Moment. Ich habe dich nie gefragt, ob du mich überhaupt heiraten willst. Ich habe dir nur irgendwie gesagt, dass ich dich heiraten wollte, oder? Also, Lila, willst du mich heiraten?"

„Ich will." Sie lächelte. „Willst du mich heiraten?"

„Ich will." Ich griff nach ihrer Hand und zog sie zu mir. „Warum sitzt du so weit da drüben, wenn du dich an mich kuscheln kannst?"

„Ich rieche im Moment nicht besonders gut." Sie lachte, als ich sie weiter an mich zog. „Wirklich, Coy. Ich stinke. Ich habe seit drei Tagen nicht mehr geduscht."

Als ob mich das interessierte. „Komm her, Mädchen." Ich legte meinen Arm um sie. „Es ist mir egal, wie du riechst. Ich will dich nur festhalten." Es fühlte sich gut an, sie wieder bei mir zu haben. „Ich werde uns ein Hotelzimmer in Dallas besorgen. Nach einer Dusche und einem Nickerchen suchen wir einen Friedensrichter, der uns traut. Ich habe unsere Heiratslizenz mitgebracht."

Sie seufzte traurig. „Coy, ich brauche meinen Führerschein als Identitätsnachweis, um heiraten zu können."

„Du hast mir dein Portemonnaie gegeben. Erinnerst du dich nicht daran?"

Sie wurde sofort munter und nickte. „Oh ja! Das ist großartig. Dann haben wir alles, was wir brauchen."

„Bist du sicher, dass es dir gerade gut genug geht, um eine so wichtige Entscheidung zu treffen?" Sie war durch die Hölle gegangen. „Ich möchte nicht, dass du es später bereust."

„Coy, die Wahrheit ist, dass ich mich mit dir als meinem Ehemann viel sicherer fühlen werde." Sie legte ihre Hand auf meinen Oberschenkel. „Nach allem, was passiert ist, habe ich das Gefühl, keine Familie mehr zu haben. Du und ich können eine Familie sein. Wir können unsere eigene Familie gründen."

„Du willst eine Familie mit mir gründen?" Ich hatte nicht einmal an Kinder gedacht.

„Wenn du es auch willst." Sie lächelte schüchtern. „Warum sollen wir nicht gleich Kinder bekommen? Wir haben alles andere schnell erledigt. Warum nicht auch den Rest?"

„Ich weiß nicht. Ich muss für meinen College-Abschluss vier Jahre studieren. Außerdem bin ich mir ziemlich sicher, dass ich vorher mindestens eine Weile arbeiten sollte. Dad wird mich bestimmt verstoßen, wenn ich ihm sage, dass du und ich verheiratet sind. Wir sollten damit warten, unsere eigene Familie zu gründen, bis wir wissen, was die Zukunft für uns bereithält."

„Du hast recht. Ich denke, wir können zumindest diese eine Sache langsam angehen. Die Kinder werden irgendwann von selbst kommen. Im Moment bin ich vollkommen zufrieden damit, einfach nur deine Frau zu sein."

Ich küsste ihre Wange. „Und ich werde mehr als zufrieden damit sein, dein Ehemann zu sein, Lila. Bald bist du eine Gentry."

„Wow", flüsterte sie. „Lila Gentry. Ich wette, deine Familie hätte in einer Million Jahren nicht gedacht, dass ein Gentry ein Mädchen von der falschen Seite der Stadt heiraten würde."

„Wir werden in der kleinen Stadt, in der wir geboren wurden, große Änderungen bewirken. Warte nur ab, Lila Gentry."

Das meinte ich ernst. Sobald ich die Ranch übernommen hatte, würde alles anders sein. Und der Name Gentry würde etwas sein, auf das meine Kinder stolz sein konnten – ohne dass ihr Stolz sie dazu brachte zu glauben, sie wären besser als alle anderen.

KAPITEL FÜNFUNDZWANZIG

Lila

Am nächsten Tag saß ich im Truck neben meinem Ehemann und trug das weiße Baumwollkleid, das er mir gekauft hatte. Er trug ein dunkelblaues Hemd mit einer schwarzen Jeans und sah genauso gut aus wie in dem Traum, den ich davon gehabt hatte, ihn zu heiraten.

Meine linke Hand lag in seiner rechten Hand und ich betrachtete den goldenen Ring, den er erst einige Stunden zuvor an meinen Finger gesteckt hatte. „Ich kann immer noch nicht glauben, dass wir verheiratet sind. Das fühlt sich wie ein Traum an."

„Es ist kein Traum. Es ist hundertprozentig echt." Er zog meine Hand an seinen Mund und küsste den Ring. „Du bist meine Ehefrau."

Ich lachte, weil das verdammt gut klang. „Und du bist mein Ehemann."

„Das bin ich." Er fuhr zur Ranch, um seiner Familie von unserer Heirat zu berichten. Sein Plan war, ihnen zu erzählen, was mir zugestoßen war, in der Hoffnung, dass meine Qualen dabei helfen würden, ihre Meinung über uns zu ändern.

Es war nie meine Absicht gewesen, zwischen Coy und sein Erbe oder zwischen ihn und seine Familie zu kommen. Aber er versicherte mir, dass ich das nicht tat. Er sagte, wenn jemand seinem Glück im Weg stand, dann seine Familie, nicht ich.

Also saß ich neben ihm und hatte Schmetterlinge im Bauch. „Ich frage mich, ob sie uns akzeptieren werden."

„Weißt du, ich bin mir immer noch nicht sicher, ob ich meiner Familie vertrauen kann. Ich bin überzeugt, dass ich gehört habe, wie mein Vater mit Hilda gesprochen hat."

„Darüber sollten wir uns keine Sorgen machen." Ich wollte nicht, dass er wütend war wegen dem, was mir passiert war.

„Lila, darüber muss ich mir Sorgen machen. Wenn meine Familie so tut, als würde sie uns akzeptieren, könnte es ein Trick sein, um uns in falscher Sicherheit zu wiegen, damit du wieder entführt werden kannst. Und diesmal bringen sie dich vielleicht noch weiter weg und machen es mir schwerer – oder sogar unmöglich –, dich zu finden."

„Du würdest die Polizei rufen, wenn das passiert." Ich hätte nicht gedacht, dass irgendjemand noch einmal versuchen würde, mir so etwas anzutun. Sie hatten ihr Bestes getan, um uns davon abzuhalten, zusammen zu sein, aber jetzt, da wir verheiratet waren, konnte uns nichts mehr trennen.

„Ich habe einfach ein ungutes Gefühl. Also, das ist, was wir tun werden: Wir werden meiner Familie von der Heirat erzählen und verkünden, dass wir sofort in das Haus in Lubbock ziehen. Ich möchte die Nacht auf keinen Fall auf der Ranch verbringen."

„Der Plan ist also, sie wissen zu lassen, was wir getan haben. Dann holst du deine Sachen und lädst sie in den Truck. Danach fahren wir zu meinem Zuhause, wo wir es meiner Familie erzählen und ich so viele meiner Sachen wie möglich hole. Und dann machen wir uns auf den Weg nach Lubbock." Es klang nach viel Arbeit und einer langen Fahrt. Aber wie könnte ich dagegen argumentieren, wenn er recht damit hatte, keinem von ihnen zu vertrauen?

Als wir in Carthage ankamen, fuhr er zu dem Gebrauchtwagenhändler. „Wir holen das Auto ab, das ich für dich gekauft habe, bevor wir irgendetwas anderes tun. Du kannst mir auf die Ranch folgen. Wir lassen das Auto am Tor stehen, nur für den Fall, dass mein Vater irgendetwas Heimtückisches plant."

„Was denn?" Ich kannte seinen Vater überhaupt nicht und wusste nicht, wozu er fähig war. Seit ich mit meiner Tante gesprochen hatte, vermutete ich, dass er gern grob wurde. Aber das waren nur Annahmen und keine Fakten, also behielt ich sie für mich.

„Verdammt, ich weiß es nicht, Lila. Ich möchte einfach nicht riskieren, alles zu verlieren, was wir besitzen. Also werden wir alles, was wir im Truck haben, in den Kofferraum des Autos laden. Ich meine wirklich alles. Ich werde sogar meine Taschen leeren, bevor wir mit ihnen sprechen. Ich vertraue im Moment niemandem außer dir."

„Ich hasse es, dass die Dinge so sind." Es war kein leichter Anfang für unser gemeinsames Leben. Ich brauchte zumindest ein wenig Hoffnung in meinem Herzen, dass unsere Familien einsehen würden, dass sie uns nicht aufhalten konnten. Es gab keinen Grund, weiter zu versuchen, uns auseinanderzubringen, wenn wir bereits geheiratet hatten.

Nachdem wir zu dem Auto gelangt waren, machte ich mich an die Arbeit, um den Kofferraum mit Coys Taschen zu füllen. Schließlich legte er auch sein Portemonnaie hinein. „Das ist alles, was wir besitzen, Lila. Wenn etwas schiefgeht, haben wir immer noch viertausend Dollar."

Ich wies darauf hin, dass wir mehr als das hatten. „Wir haben auch die Schlüssel für das Haus in Lubbock, Coy. Sobald wir dort sind, werden wir ein Dach über dem Kopf haben. Und wir werden auch noch bei meinem Elternhaus vorbeifahren und ein paar Sachen abholen." Plötzlich wurde mir klar, dass ich nicht viel über das Haus in Lubbock wusste. „Ist das Haus möbliert? Gibt es dort Töpfe, Pfannen, Geschirr,

Vorhänge und einen Fernseher? Du weißt schon, die Dinge, die man jeden Tag benutzt?"

„Es ist komplett mit allem ausgestattet, was wir brauchen. Alles, was wir mitnehmen müssen, sind unsere Kleidung und andere persönliche Gegenstände. Der Rest ist schon vorhanden. Laut meinem Vater gibt es sogar eine Waschmaschine und einen Trockner."

„Cool." Zumindest hatten wir die Grundlagen – das heißt, wenn Coys Vater ihm alles andere wegnehmen würde.

Nachdem wir den Kofferraum geschlossen hatten, standen Coy und ich da und sahen uns grimmig an. Er nahm mich in seine Arme und hielt mich fest, als er meinen Kopf küsste. „Planänderung. Lass uns deine Sachen zuerst holen, bevor wir zur Ranch fahren."

„Bist du sicher?" Ich hatte keine Ahnung, wie es mit meiner Familie laufen würde.

„Ja. Wir lassen das Auto hier und nehmen meinen Truck. Wenn wir zurückkommen, laden wir deine Sachen ins Auto und fahren dann zu mir nach Hause."

Obwohl ich mich unwohl fühlte, stieg ich mit ihm in den Truck und wir fuhren zu meinem Elternhaus. Erleichtert stellte ich fest, dass das Auto meines Vaters weg war. „Sieht so aus, als wäre Dad nicht hier. Komm schon, beeilen wir uns." Ich hatte die meisten meiner Sachen in mehreren Taschen im Schrank verstaut, bevor ich in der Nacht, in der sie mich entführt hatten, ins Bett gegangen war. Es würde nicht lange dauern, sie zu holen. Außerdem hatte ich ohnehin nicht viel.

Mom saß am Tisch, als wir zur Tür hereinkamen. Ihre Augen wanderten zu Coy. „Hallo." Dann sah sie mich an. „Lila! Du bist wieder zu Hause! Ich habe dich so vermisst." Sie stand auf und ich rannte zu ihr, um sie zu umarmen.

„Mom! Es ist so schön, dich zu sehen." Ich wollte sie nicht loslassen, aber ich wusste, dass wir uns beeilen mussten, bevor mein Vater und meine älteren Brüder nach Hause kamen.

Paul und Roman kamen in die Küche gerannt. „Lila!"

Ich ließ meine Mutter los, damit ich die beiden umarmen konnte. „Jungs!"

Als ich sie losließ, starrte Paul Coy an und fragte: „John? Was ist hier los?"

„Mein Name ist nicht John. Es tut mir leid, dass ich dich angelogen habe, Paul. Ich bin Coy Gentry."

Meine Mutter holte tief Luft. „Nein!"

„Mom, es ist okay. Coy hat mich gerettet. Dad hat mich zu Tante Hilda gebracht."

„Ja, ich weiß." Sie sah mich verwirrt an. „Aber er hat es getan, weil du ihn darum gebeten hattest. Ich habe deine Tante jeden Tag angerufen, während du weg warst, und sie hat mir gesagt, dass du dich ausruhst." Meine Mutter ließ sich wieder auf den Stuhl fallen. „Was ist passiert?"

„Mom, ich habe nicht viel Zeit. Wir müssen gehen, bevor Dad und die anderen zurückkommen. Wir wollen keine Szene machen und ich bin sicher, dass es eine geben wird." Ich streckte meine Hand aus, um ihr meinen Ring zu zeigen. „Mom, wir sind verheiratet. Ich bin jetzt Lila Gentry." Ich sah meine jüngeren Brüder an. „Jungs, könnt ihr die Taschen, die ich in meinem Schrank habe, holen und zum Truck bringen? Coy und ich ziehen nach Lubbock. Er hat dort ein Haus. Sobald sich die Lage beruhigt hat, rufe ich euch an."

Meine Brüder machten sich auf den Weg, um meine Sachen zu holen, und ich folgte ihnen, um sicherzustellen, dass sie nichts vergaßen. Coy kam auch mit und legte seine Hand in meine. „Das war unangenehm."

„Ja, ich weiß." Ich hatte mich in meinem Zuhause noch nie so unwohl gefühlt. Andererseits war ich auch noch nie von meinem eigenen Vater entführt worden. „Lass uns von hier verschwinden." Ich nahm den kleinen Koffer mit meinem Make-up und meinen Haarpflegeprodukten und folgte meinen Brüdern zum Truck.

„Warte nicht zu lange damit, uns anzurufen, Lila", sagte Paul. „Ich liebe dich, große Schwester."

„Ich liebe euch auch. Seid brav für Mom." Ich spürte einen Knoten in meinem Hals und versuchte, nicht zu weinen.

Ich stieg in den Truck, schluckte schwer und hielt die Hand meines Mannes, als wir mein Elternhaus, das ich wahrscheinlich niemals wiedersehen würde, hinter uns ließen.

Schweigend fuhren wir zum Auto. Dann verließ ich den Truck und stieg ein und folgte Coy zur Ranch. Ich parkte das Auto vor dem Eingangstor und wir begannen, die Dinge, die ich geholt hatte, in das Auto zu laden. Der Kofferraum und der Rücksitz waren jetzt voll mit unseren Sachen.

„Es ist kaum noch Platz", sagte ich, als ich alles betrachtete.

„Ich habe nicht mehr viel zu Hause. Was noch übrig ist, passt in meinen Truck. Dad hat mir den Truck zu meinem Highschool-Abschluss geschenkt. Ich glaube nicht, dass er versuchen wird, ihn mir wegzunehmen. Ich meine, er könnte mein Bankkonto für eine Weile sperren, aber ich erwarte nicht, dass er viel mehr als das tut."

„Aber du weißt es nicht", sagte ich. „Mein Vater und meine Tante haben wahnsinnige Anstrengungen unternommen, um uns davon abzuhalten, zusammen zu sein. Und ich bin mir immer noch ziemlich sicher, dass dein Vater irgendwie daran beteiligt war. Wir haben keine Ahnung, was er tun wird."

Mit einem Stirnrunzeln nickte er, als er meine Hand nahm und mich zu seinem Truck führte. „Mal sehen, was für eine Begrüßung wir von meiner Familie erhalten."

Ich biss mir auf der langen, kurvenreichen Auffahrt auf die Unterlippe und hatte das Gefühl, mich übergeben zu müssen. Als wir den Truck vor dem Seiteneingang abstellten, hatte ich sogar das Gefühl, ohnmächtig zu werden.

Ich klammerte mich an Coy, während ich neben ihm herging. „Coy, ich habe solche Angst."

„Das musst du nicht. Wir haben einander und das ist alles, was wir jemals brauchen werden. Alles andere ist nur ein Bonus, Baby."

Ich lächelte und wusste nicht, wie er es immer schaffte, dass ich mich besser fühlte. „Du hast recht."

Wir waren noch nicht an der Tür angekommen, als sein Vater aus dem Haus trat. „Was zum Teufel soll das, Coy Gentry?"

„Ich habe dir etwas zu sagen, Dad." Coy zuckte nicht mit der Wimper, als er sich seinem Vater entgegenstellte. „Lila und ich sind jetzt verheiratet. Daran kann niemand etwas ändern. Und du solltest wissen, dass ihr eigener Vater sie entführt hat und sie im Haus ihrer Tante Hilda in Shreveport gefesselt war. Drei Tage lang wurde diese junge Frau von ihrer eigenen Familie gefangen gehalten. Ich bin hier, um dich zu fragen, ob du etwas damit zu tun hattest."

Ich hatte nicht gewusst, dass er seinen Vater danach fragen würde. Ich hatte gedacht, wir würden seine Familie über unsere Heirat informieren und sehen, wie sie es aufnahm.

Hinter Coys Vater erklang die Stimme seiner Mutter: „Er hatte mit Sicherheit nichts damit zu tun, Coy. Wie kannst du es wagen, deinem Vater etwas so Abscheuliches vorzuwerfen!"

Coys Augen wurden schmal, als er seinen Vater ansah. „Ich erwarte, dass du Lila als meine Ehefrau und als Teil dieser Familie akzeptierst. Es werden unsere Kinder sein, die eines Tages die Ranch erben."

„Denkst du, du kannst mich dazu zwingen?", fragte er mit einem Grinsen. „Denkst du, dir steht zu, was mir gehört?"

„Ich will deinen Segen für meine Ehe", sagte Coy.

„Nein. Das kannst du nicht haben." Coys Vater holte tief Luft. Seine Brust hob und senkte sich, bevor er sagte: „Du musst dich entscheiden, mein Sohn. Du kannst die Ehe annullieren lassen und der Erbe der Whisper Ranch bleiben. Oder du kannst verheiratet bleiben und ein mittelloser Bastard werden."

„Collin!" Mrs. Gentry schnappte nach Luft. „Tu das nicht."

„Ich werde nicht zulassen, dass er unseren guten Namen beschmutzt, Fiona. So muss es sein."

„Coy, bitte stimme der Annullierung zu. Gib nicht alles auf für ein Mädchen, das du kaum kennst", flehte seine Mutter.

Ich hatte noch nie die Entschlossenheit gesehen, die auf Coys Gesicht trat. „Wie lange hältst du es wohl aus, ohne mich zu sehen?"

„Für immer", sagte sein Vater, ohne zu zögern. „Ich werde mich niemals von irgendjemandem zu etwas zwingen lassen. Du wirst tun, was *ich* sage, oder du kannst zur Hölle fahren. Also, was ist mit der Annullierung?"

„Ich verlasse meine Frau nicht. Ich liebe sie und ich werde nie aufhören, sie zu lieben. Wenn du das nicht akzeptieren kannst, kannst *du* zur Hölle fahren." Coys Hand packte meine so fest, dass es wehtat.

„Gib mir die Schlüssel für deinen Truck", sagte sein Vater. „Du wirst diese Ranch mit den Kleidern an deinem Leib verlassen, sonst nichts. Ich werde das Bankkonto sperren und du kannst dich von dem Haus in Lubbock und deinem College-Studium verabschieden. Ich werde nicht dafür bezahlen. Und das Haus kann ich jederzeit wieder verkaufen."

Coy ließ meine Hand los und ging auf seinen Vater zu. „Mom, kannst du mir einen Stift und Papier besorgen, bevor ich diesen gottverlassenen Ort für immer hinter mir lasse?"

„Coy, bitte sei vernünftig", bettelte sie ihn an.

„Bitte tu einfach, was ich gesagt habe, Mom."

Ich hatte keine Ahnung, was er tun würde, als ich dastand und wartete, während ich an meinen Fingernägeln kaute. Ich starrte auf den Boden und war noch nie in meinem Leben so nervös gewesen.

Coy gab alles für mich auf. Er würde nichts mehr haben, wenn er mit mir verheiratet blieb. Ich war mir nicht sicher, ob ich diesen Druck aushalten konnte.

Als ich wieder aufblickte, hatte Coy einen Stift und Papier. Er legte das Papier an die Wand des Hauses und schrieb etwas darauf. „Lila, kannst du bitte herkommen?"

Ich lief auf zitternden Beinen an seine Seite und sah, was

er auf das Papier geschrieben hatte. Er verzichtete auf alles. Er hatte geschrieben, dass er und ich nie etwas von seiner Familie wollen würden. Er unterschrieb mit seinem Namen und gab mir dann den Stift, um das Gleiche zu tun.

Ich tat es, reichte ihm den Stift und trat zurück. „Bist du dir ganz sicher?"

„Ich war mir noch nie in meinem Leben so sicher." Er legte das Papier und den Stift auf die Stufe der Veranda. „Fertig. Ihr habt euren Sohn verloren. Herzlichen Glückwunsch."

Coy legte seinen Arm um meine Schultern, als wir von seiner Familie, seinem Erbe, seiner Ranch und seinem Leben, wie er es gekannt hatte, weggingen.

Er küsste die Seite meines Kopfes, als wir die lange Einfahrt hinuntergingen, und sagte so aufrichtig, dass ich weinen musste: „Ich habe mich in meinem Leben noch nie so frei gefühlt. Danke, dass du mir das gegeben hast, Baby. Danke, dass du mich liebst und mich geheiratet hast. Es wird nicht das Leben sein, auf das ich gehofft hatte, aber es wird voller Liebe und Hingabe sein."

Er hatte recht. Wir hatten unser Happy End gefunden.

Und ich hätte nichts geändert.

EPILOG

Collin

OKTOBER 1990 – CARTHAGE, TEXAS – WHISPER RANCH

Nachdem Coy uns verlassen hatte, war unser Leben nie mehr wieder dasselbe. Fiona lachte nach jenem schrecklichen Tag nie wieder. Ich sah nie mehr ein Lächeln auf ihren Lippen, die dünn geworden waren, seit sie sie immer fest zusammenpresste.

Sie gab mir nie die Schuld daran, dass er gegangen war. Sie machte mich nie für irgendetwas verantwortlich. Vielleicht lag das daran, dass sie selten mehr als ein oder zwei Wörter gleichzeitig sagte, seitdem er weg war.

Obwohl ihre Beine und ihr Rücken geheilt waren, verließ Fiona nie das Schlafzimmer im Erdgeschoss. Und ich hatte diesen Raum noch nie betreten.

Das Dienstmädchen fand sie eines Morgens. Fiona lag im Bett, die Hände vor dem Herzen verschränkt, und atmete nicht. Das Dienstmädchen rief nach mir und ich eilte ins Schlafzimmer.

Meine Frau bewegte sich nicht, als ich ihren Namen rief.

Ihre Augen blieben geschlossen. Als ich ihre Wange berührte, war sie kalt. „Rufen Sie einen Krankenwagen."

Bald kam Hilfe. Aber niemand kann die Toten wieder zum Leben erwecken. Der Gerichtsmediziner musste eine Autopsie durchführen, um die Todesursache zu bestätigen, aber er war sich ziemlich sicher, dass ihr Herz versagt hatte. Und ich stimmte ihm zu.

Fionas Herz war an dem Tag, als wir unser einziges Kind verloren hatten, in eine Milliarde Stücke zerbrochen. Es war ein Wunder, dass sie danach noch zwei Jahre überlebt hatte.

Mein Vater starb drei Tage nach Fionas Tod. Und als wir ihn beerdigten, erlitt meine Mutter beim Gottesdienst einen tödlichen Schlaganfall.

Ich war zum ersten Mal in meinem Leben völlig allein. Und für kurze Zeit ging ich benommen durch die Flure des Ranchhauses und wartete darauf, dass der Tod auch mich holen würde.

Meine Einsamkeit wurde immer schlimmer, bis mir klar wurde, wer dafür verantwortlich war, dass ich alles verloren hatte. Also schickte ich nach ihr. Ich ließ sie auf die Ranch bringen, wo ich ein Zimmer für sie vorbereitet hatte.

Ich hatte sie seit vielen Jahren nicht mehr gesehen. Und als ich sie das erste Mal wiedersah, kniete sie in dem Zimmer, das ich für sie in meinem Haus eingerichtet hatte. Ihr Kopf ruhte auf ihrer Brust und ihre dunklen Augen waren auf den Boden gerichtet. „Du hast bei der Aufgabe, die ich dir erteilt habe, versagt, Sklavin."

„Das tut mir sehr leid, Meister."

„Es wird dir leidtun." Ich nahm die schwarze Peitsche, die ich aus dem Pferdestall mitgebracht hatte. „Deinetwegen habe ich alles verloren."

„Es tut mir sehr leid, Meister", sagte sie lauter. Wenn ich mit ihr fertig war, würde sie kaum noch ein Flüstern herausbringen.

„Mein Herz war nicht genug für dich, nicht wahr?" Ich

holte mit meinem Arm aus und ließ das Ende der Peitsche hinter mir baumeln. „Du musstest dafür sorgen, dass ich noch mehr verlor. Also hast du zugelassen, dass mein Sohn das Mädchen mitnahm. Du hast zugelassen, dass er sein und mein Leben ruiniert hat."

Der Knall der Peitsche hallte durch das Zimmer.

Mit dem einen Schlag hatte ich die karamellfarbene Haut in der Mitte ihres nackten Rückens gespalten. „Eins."

Das Blut, das aus der dünnen Linie floss, ließ mich an den Tod denken. „Meine Frau ist tot, weil ihr Herz nicht länger ohne ihren Sohn leben konnte." Ich riss die Peitsche zurück, um mich darauf vorzubereiten, ihr noch einen Hieb zu versetzen. „Aus irgendeinem Grund starb mein Vater und dann auch noch meine Mutter. Innerhalb einer Woche habe ich meine Familie verloren und jetzt bin ich allein."

Ich ließ die Peitsche fliegen und fügte ihrem Rücken einen weiteren roten Striemen hinzu. „Zwei."

„Jetzt, da ich ganz allein bin, wirst du dazu dienen, meine Zeit zu füllen. Ich werde dich benutzen, wie ich will. Und ich werde dich ohne Gnade für das bestrafen, was du mir angetan hast." Ich verpasste ihrem nackten Rücken einen weiteren roten Striemen.

„Drei." Sie schniefte, als das Blut über ihren Rücken lief und sich unter ihr auf dem Boden sammelte.

Sie hatte genug. Aber ihr Schmerz würde – genau wie meiner – nicht enden, bis wir starben.

Der Schmerz hatte mit uns begonnen und würde mit uns enden. Erst mit meinem Tod würde die Whisper Ranch zu dem werden, was sie sein sollte.

Obwohl mein Sohn die Ranch niemals wiedersehen würde, würden die Erben, die er mir schenkte, sie eines Tages ihr Eigentum nennen. Sie allein würden das Vermächtnis annehmen, von dem sich ihr Vater abgewandt hatte. Sie allein würden die Möglichkeit haben, die Ranch in etwas zu verwandeln, das weder mein Vater noch ich jemals erreicht hatten.

Die Zukunft liegt in Händen, die noch nicht geboren wurden. Möge Gott sie vor dem Fluch schützen, ein Mann mit dem Nachnamen Gentry zu sein.

Lila

Heute – Dallas, Texas

„Ich bin froh, dass du meinen Beitrag auf Facebook gesehen hast, Robert. Es ist ewig her, dass ich mit dir sprechen konnte." Ich war erst seit kurzem in den sozialen Medien aktiv, um wieder mit Familienmitgliedern in Kontakt zu kommen, die ich in Carthage zurückgelassen hatte.

Nachdem wir gegangen waren, hatten Coy und ich uns auf den Weg nach Dallas gemacht und dort unser neues Zuhause gefunden. Wir hatten in unserem kleinen Haus drei Söhne großgezogen. Aber sie hatten ihren Vater und mich verlassen, nachdem Collin Gentry gestorben war. Sie hatten die Whisper Ranch und alles, was dazugehörte, geerbt.

„Lila, es ist so gut, deine Stimme zu hören. Ich kann mich nicht erinnern, wann wir uns das letzte Mal unterhalten haben", sagte mein Cousin. „Sobald ich deinen Beitrag darüber gelesen hatte, dass deine Söhne die Ranch ihres Großvaters in Carthage geerbt haben und jetzt Milliardäre sind, habe ich an meine fünf Neffen gedacht, die ihre Eltern verloren haben, als sie Kinder waren."

„Ich habe von deinem Bruder und deiner Schwägerin gehört, Robert. Bei einem Hausbrand zu sterben ist wirklich tragisch. Ich kann mir nicht vorstellen, wie die Jungen damit umgegangen sind." Mein Herz schmerzte für diese Kinder, die seit dem Tod ihrer Eltern zu Männern herangewachsen waren.

„Trotz allem haben sich die Jungs zu guten Männern entwickelt. Sie arbeiten hart. Und sie sind verdammt schlau. Als ich sah, dass deine Söhne einen Teil des geerbten Geldes investieren möchten, um ihren Verwandten dabei zu helfen, etwas aus sich zu machen, wusste ich, dass meine Neffen dankbar für ihre Unterstützung wären."

„Was machen sie im Moment beruflich?" Ich hoffte, dass alles funktionieren würde.

„Sie sind alle in der Hotelbranche tätig und einer von ihnen ist Koch. Sie haben darüber gesprochen, ein eigenes Hotel oder Resort zu eröffnen. Aber sie haben nicht genug Sicherheiten, um die Kredite zu bekommen, die sie dafür brauchen würden. Vielleicht könntest du ein Treffen zwischen ihnen und deinen Söhnen arrangieren."

„Warum sprichst du nicht mit deinen Neffen, um herauszufinden, ob sie gute Ideen haben, und ich gebe diese Informationen an meine Söhne weiter?" Ich wusste, dass es viele lange verschollene Verwandte geben würde, die Geld von meinen Jungen wollen würden. Ich war bereit, die Guten von den Schlechten zu trennen.

„Sicher, ich melde mich bald wieder bei dir, Lila. Es war großartig, von dir zu hören – auch wenn du von den Ideen der Jungs nicht begeistert sein solltest."

„Ich bin froh, dass du das sagst. Ich würde es lieben, wenn wir uns alle wieder näherkommen könnten. Jetzt, da mein Vater gestorben ist, habe ich endlich das Gefühl, wieder bei meiner Familie sein zu können. Ich freue mich darauf, bald wieder von dir zu hören, Robert. Gott segne dich."

Coy trat hinter mich, schlang seine starken Arme um mich und küsste meine Wange. „Klingt so, als wäre dein Beitrag ein Erfolg gewesen. Ich bin froh, dass unsere Söhne ihre Verwandten treffen werden. Und ich bin froh, dass sie einigen von ihnen helfen werden, mit einem eigenen Unternehmen Fuß zu fassen. Wir haben wunderbare Kinder großgezogen, auch wenn wir nicht viel Geld hatten."

„Die Nash-Brüder aus Houston sind vielleicht die Ersten, denen unsere Söhne helfen." Ich drehte mich um, schlang meine Arme um ihn und küsste ihn zärtlich. „Ich bin stolz auf uns, Coy. Verdammt stolz."

- Das Ende des Anfangs -

❀ Erstellt mit Vellum